WISH UPON A WITCH - EDIZIONE ITALIANA

THIS GOOD WITCH MYSTERY SERIES

LUCY MAY

SENZA TITOLO

Non esistono incidenti; è il fato chiamato con un altro nome.
-Napoleone Bonaparte

CAPITOLO UNO

JULIETTE GOOD

«Che diavolo sta facendo?» esclamò una voce maschile.

Voltandomi di scatto all'indietro per guardarmi alle spalle, vidi il mio vicino, Matthew, in cima alle scale della casa accanto alla mia.

«Niente» dissi in fretta. Avevo solo riparato il lampione rotto fuori dal mio palazzo. Giusto una piccola scarica di energia, a fin di bene. Anzi, per la sicurezza pubblica.

«Quello non era niente, Juliette. Ho appena visto delle scintille sprigionarsi dalle sue dita quando le ha agitate verso il lampione, e ora funziona di nuovo. Se fossi ubriaco, potrei convincermi che non fosse nulla, ma sono completamente sobrio. Quindi le voci sono vere, allora?»

Il mio cuore cominciò a battere all'impazzata e lo stomaco mi si contorse per l'ansia. «Quali voci?» ribattei.

Le labbra di Matthew si arricciarono in un ghigno. «Che lei viene da una famiglia di streghe.»

Dovetti mordermi l'interno delle guance per non imprecare ad alta voce. Un leggero sapore metallico di sangue mi riempì la bocca. Deglutendo, scossi la testa. «Non so di cosa stia parlando, Matthew.»

Lui scese le scale, fermandosi di fronte a me sul marciapiede. «Oh, io credo di sì. Tutti hanno sentito di quella follia con i fiori nella sua città natale, l'anno scorso. Ridicolo. Se fossi in lei, tornerei dove sono ben accetti.»

A ogni sua parola, il mio cuore sprofondava sempre di più. Per tutto questo tempo avevo pensato che Matthew, con i suoi capelli scuri e i suoi affascinanti occhi castani, fosse bello e degno di una cotta.

«È la cosa più ridicola che abbia mai sentito» replicai, mentendo con consumata abilità.

Matthew rise. «So quello che ho visto. Stia attenta, Juliette. La vita non è come in tutti quegli show televisivi dove essere soprannaturali è una figata.»

Si girò sui tacchi e si allontanò lungo la strada. Osservai la sua sagoma svanire nell'oscurità lungo l'isolato successivo. Si dava il caso che anche in quell'isolato ci fosse un lampione spento.

«Beh, quello non lo aggiusterò di certo» borbottai tra me e me.

Mi voltai, guardandomi intorno, improvvisamente molto ansiosa. Il mio piccolo incantesimo, per quanto utile fosse stato, era stata una mia svista. Ero a Boston, avevo appena finito il mio ultimo semestre di specializzazione. Non potevo semplicemente lanciare incantesimi in pubblico, ovunque mi capitasse. Ahimè, tendevo a dimenticarmene e a lanciarli comunque.

Dovevo tornare a casa, prima piuttosto che dopo. Boston era abbastanza lontana da Charm Cove da farmi sperare che qualsiasi voce cui si riferisse Matthew non mi avrebbe inseguita fino al Maine. Ringraziai le stelle che il mio piccolo appartamento fosse quasi del tutto impacchettato e che sarei tornata a casa presto.

Pochi giorni dopo, la neve cadeva dolcemente e scivolava sul mio parabrezza mentre guidavo verso nord. I leggeri e soffici fiocchi si illuminavano come glitter nel fascio dei miei fari nell'oscurità. *Charm Cove, 2 Miglia Avanti*, annunciava il cartello stradale. Quando rallentai vedendo l'uscita, il suono della mia freccia echeggiò nell'auto.

Casa. Ci ero quasi arrivata. L'attesa mi pervadeva.

Casa significava molte cose diverse per molte persone diverse. Per me, tornare a Charm Cove aveva un significato in più. Potevo rilassarmi e non preoccuparmi troppo di nascondere i miei poteri. Sì, ho detto "poteri", ed è esattamente ciò che intendevo. Poteri di tipo soprannaturale, per l'esattezza. Matthew aveva colto nel segno riguardo alle voci, solo che non sapeva quanto fossero sinistramente vere.

Alcuni potrebbero definirmi una strega buona. Basandosi solo sul nome, sarebbe piuttosto accurato. Due famiglie di streghe avevano fondato Charm Cove: i Good e i Wicked. Sebbene essere una strega nel mondo moderno comportasse molte complicazioni, questa cittadina era uno dei pochi posti in cui era un po' più facile.

Nonostante il mio cognome fosse Good, ultimamente non me ne sentivo all'altezza. A volte il peso di essere una strega fuori da una città amica del soprannaturale era estenuante. Sebbene il mio breve incontro con Matthew non fosse degenerato, secoli di storia confermavano una verità pratica: le streghe dovevano stare attente.

Tirai un sospiro di sollievo quando il cartello ufficiale della città apparve nell'oscurità. *Charm Cove. Così Incantevole che Non Vorrai Mai Andartene.*

Speravo che il mio incantesimo sconsiderato e disattento a Boston sarebbe stato presto dimenticato. Maledetto Matthew. *Lui* di certo non era incantevole. Guidai lungo la periferia della città fino al centro. Le strade erano fiancheggiate dai lampioni originali della città, le lanterne pensili in ghisa meticolosamente mantenute nel corso dei secoli. Un tempo erano alimentate a candela e poi a gas. Ora erano alimentate da elettricità, anche se non costava nulla alla città.

Vedete, c'erano abbastanza streghe e stregoni a Charm Cove per mantenere un incantesimo di elettricità per tutto il tempo necessario. Con me qui, c'era una strega in più a gettare la sua magia nel calderone comune.

Si stava avvicinando la mezzanotte, la neve cadeva leggera e le strade erano silenziose. Ogni volta che tornavo a casa dopo essere stata via, mi sentivo come se fossi tornata indietro nel tempo. Come tante città del New England, Charm Cove era pittoresca e suggestiva. Svoltai in Charming Way, parallela al parco cittadino. Sentivo una gran voglia di fermarmi alla fontana della città, quando il grazioso scintillio delle luci sull'albero al centro del parco mi attrasse.

Non si vedeva un'altra macchina in giro. Il grande abete balsamico al centro del parco era ancora addobbato con le luci natalizie, anche se il Natale era passato da qualche settimana. La città di solito le lasciava accese finché le giornate non cominciavano ad allungarsi. Le luci nelle notti buie e nevose rallegravano lo spirito.

Accostai l'auto nell'oscurità e spensi il motore. Il rumore della portiera fu forte quando la chiusi alle mie spalle e scesi. Mi tirai il cappuccio della giacca sulla testa mentre attraversavo la strada, con la neve che turbinava nell'aria spinta da una brezza gelida che veniva dall'oceano. Anche se da qui non potevo vedere l'Oceano Atlantico, era solo a pochi isolati di distanza; l'aria aveva un sentore salmastro.

Mi infilai attraverso il cancello aperto della recinzione in ferro battuto che circondava l'antico parco cittadino. L'ampio spazio quadrato, simile a un parco, aveva sentieri in granito che conducevano al centro, dove l'alto albero si ergeva come un faro invitante. Sapevo dove volevo andare e mi diressi verso l'angolo più lontano. La leggendaria fontana della città un tempo era stata un abbeveratoio per cavalli. Scolpita nel granito, aveva resistito a secoli di vento, pioggia e neve. Non era più un abbeveratoio, anche se supponevo potesse ancora servire allo scopo, se necessario.

La fontana era stata teatro di parecchi drammi, incluso un annegamento accidentale qualche estate prima. In questa notte d'inverno, a solo un mese dal solstizio, l'acqua non era ancora ghiacciata, ma del resto non lo era mai. Si diceva che sull'acqua stessa fosse stato lanciato un incantesimo secoli fa.

Oltre a quella voce, si sussurrava tra streghe e stregoni che, se esprimevi un desiderio nella fontana, questo si sarebbe avverato. Come molte fontane sparse per il mondo, era piena di monete. Quando i turisti affollavano la città nei mesi estivi, non potevano resistere alla tentazione di lanciare una moneta nella fontana e sperare per il meglio.

Visto che ero una strega, speravo che la mia magia potesse aiutarmi a realizzare il mio desiderio. Tirai fuori un penny dalla tasca, sfregandone la superficie ramata tra le dita. Piegando la testa all'indietro, guardai in su. Qualche stella occhieggiava tra le nuvole mentre la neve scendeva fluttuando dal cielo. Inspirando una boccata d'aria gelida invernale, abbassai di nuovo lo sguardo verso la fontana. La vasca ovale dell'acqua luccicava alla luce proiettata dall'albero e dai lampioni vicini.

Chiusi gli occhi, desiderando qualcosa di sciocco e frivolo. Riaprendoli, feci girare il penny tra le dita prima di lanciarlo, guardandolo volteggiare nell'aria per poi atterrare con un piccolo tonfo. Minuscole scintille dorate si levarono dall'acqua nel punto in cui era caduto.

«Beh, non pensavo che sarebbe successo», mormorai tra me e me.

Non avevo lanciato alcun incantesimo, quindi non sapevo bene cosa pensare. Mi chinai in avanti, scrutando l'acqua scura. Sul fondo della fontana poco profonda, o abbeveratoio che dir si voglia, il penny che avevo appena lanciato brillava intensamente con una piccola striscia d'oro che saliva attraverso l'acqua. Le punte delle dita mi formicolavano e quella sensazione ronzante che provavo nel corpo prima di lanciare un incantesimo, una specie di scossa elettrica era il modo migliore per descriverla, mi attraversò.

Scuotendo mentalmente la testa, mi voltai e iniziai a tornare verso la mia macchina. Quando raggiunsi il marciapiede di ciottoli, c'era un uomo che non conoscevo ad attendermi all'angolo. Mi guardai intorno, un po' nervosa.

«Juliette Good?», chiese l'uomo, con un tono di voce basso e suadente.

«Salve? Ci conosciamo?»

«Forse non ti ricordi di me, ma sono Donovan Wick», disse con un leggero cenno del capo.

I suoi capelli scuri erano chiazzati dalla neve che vi si posava, e l'azzurro dei suoi occhi era brillante nella luce argentea proiettata dai lampioni. Lo scrutai, notando quanto fosse alto per via di quanto dovetti piegare la testa all'indietro.

Mi sembrava di riconoscerlo, ma non sapevo perché o come, né tantomeno come facesse a sapere il mio nome. Sconcertata, riuscii a sfoggiare un sorriso educato e ignorai il subbuglio nel mio stomaco. «Non sono sicura di ricordarmi di te. Uhm, immagino sia stato un piacere conoscerti», azzardai.

Donovan sorrise. «Abitavo qui. Eri seduta proprio accanto a me in prima elementare».

Mi si accese una lampadina in testa. «Oh! Donovan. Wow, è da tanto che non ti vedo».

«Sì, è vero. Dalla prima elementare, per essere esatti». La sua risatina mi provocò un piccolo brivido lungo la schiena.

Proprio mentre stavo per chiedergli cosa lo avesse riportato a Charm Cove verso mezzanotte in pieno inverno, si sentì un forte schiocco. Ci voltammo insieme verso il rumore e vedemmo l'antico albero al centro del parco prendere fuoco come una torcia. Le fiamme lo avvolsero quasi all'istante.

In pochi secondi, sentii un rumore di passi in lontananza dall'altra parte del parco ed estrassi il telefono per chiamare il 9-1-1. Quell'albero era antico e custodiva molta storia. Sarebbe stato devastante per la città se fosse andato distrutto nell'incendio.

Pochi minuti dopo, l'ululato delle sirene squarciò l'aria mentre due autopompe arrivavano a tutta velocità lungo la strada, fermandosi con uno stridio di freni accanto al parco. I vigili del fuoco si riversarono fuori dai camion e iniziarono a spegnere l'incendio. Un senso di presagio si impossessò di me.

In qualche modo, nonostante all'inizio non avessi riconosciuto Donovan, mi ritrovai con il suo braccio attorno alle spalle mentre aspettavamo nella notte gelida. C'era qualcosa di decisamente strano nel fatto che l'albero avesse preso fuoco.

La mia prima notte a casa si concluse alla stazione di polizia. Essendo gli unici testimoni conosciuti, Donovan e io dovemmo rilasciare delle dichiarazioni alla polizia su ciò che avevamo visto.

CAPITOLO DUE

Appoggiata allo schienale della sedia di plastica dura alla stazione di polizia di Charm Cove, presi un sorso di caffè tiepido. Era bevibile, ma diciamo solo che ero contenta di non averlo dovuto pagare.

«Chissà quanto ci vorrà» commentò Donovan, seduto accanto a me.

Presi un altro sorso veloce e gli lanciai un'occhiata. «Non ne ho idea. Voglio dire, è un crimine se un albero prende fuoco?»

Donovan si strinse nelle spalle. «Non credo. Anche se sono certo che siamo tutti d'accordo che è stato un po' strano, non trovi? Se qualcuno l'ha fatto apposta, suppongo che si tratterebbe di vandalismo.»

Sospirai. «Vero. Sono appena tornata in città stasera, e si sta rivelando un rientro movimentato.»

L'angolo della bocca di Donovan si sollevò e una sensazione di sfarfallio mi si attorcigliò nello stomaco. Non ricordavo che fosse così affascinante. Ma d'altronde, non lo vedevo da quando eravamo in prima elementare. Il concetto di "bello" non significava molto per me alla tenera età di sei anni. Lo ricordavo come un ragazzino dai capelli castani con una vena di malizia.

La mia mente tornò al desiderio che avevo espresso alla fontana e al piccolo bagliore elettrico proveniente dalla monetina. Avevo desiderato di incontrare un uomo che non fosse uno stronzo. A posteriori, forse non era stato il modo migliore di formulare il mio desiderio. Eppure, Donovan era magicamente apparso solo pochi istanti dopo.

Certo, subito dopo l'amato albero della città aveva preso fuoco. Stavo cercando di non pensare al fatto che fosse successo pochi istanti dopo aver lanciato il mio desiderio nella leggendaria fontana magica.

«Movimentato è un modo di dire» rispose Donovan.

La curiosità mi solleticò la mente. «Allora, cosa ti riporta a Charm Cove dopo tutto questo tempo?»

«I miei nonni sono mancati e mi hanno lasciato la vecchia casa di famiglia. Non ho nulla che mi leghi altrove, quindi ho deciso di tornare. E tu?»

«Beh, sono stata qui il mese scorso perché mio fratello Liam, ti ricordi di lui?» Ricevuto un cenno da Donovan, continuai: «Lui e Moira si sono finalmente sposati l'estate scorsa. Hanno organizzato una festa per il solstizio d'inverno, quindi sono tornata a casa per le feste e tutto il resto. Ho appena finito i corsi per la specializzazione e a Boston mi giravo un po' i pollici. Avevo un lavoro come cameriera, ma ho deciso che valeva la pena tornare a Charm Cove. I miei genitori sono elettrizzati, ovviamente. Dove sono i tuoi?»

«Quando ci siamo trasferiti nello stato di New York, è stato perché i miei genitori avevano investito in un frutteto lì. Credo che stiano finalmente considerando di tornare a Charm Cove. È l'unico posto che conosco dove si può essere abbastanza aperti sull'essere una strega o uno stregone.»

«Verissimo» risposi proprio mentre la porta laterale della sala d'attesa si apriva e Daniel Levesque, il capo della polizia di Charm Cove, si voltava verso me e Donovan.

«Vi dispiace venire a fare due chiacchiere per qualche minuto?» chiese Daniel.

Mi alzai rapidamente insieme a Donovan. «Certo che no» rispose lui, facendomi cenno di precederlo mentre attraversavamo la stanza verso Daniel. I capelli castano scuro di Daniel erano scompigliati, come se ci avesse passato la mano troppe volte.

Gli occhi castani di Daniel erano cupi mentre ci teneva la porta.

Percorremmo il corridoio, svoltando dove ci indicò per entrare in una piccola sala conferenze. «Accomodatevi.»

Donovan e io ci sedemmo fianco a fianco al piccolo tavolo. «Non sono sicura di cos'altro potrei dirle» dissi in fretta.

«Oh, pensavo di chiedere se uno di voi due avesse visto qualcosa di strano prima che l'albero prendesse fuoco» spiegò Daniel.

Mi strinsi nelle spalle. «Non proprio. Mi sono fermata perché era così bello e tranquillo. Ho deciso di entrare ed esprimere un desiderio nella fontana, solo perché...» Le mie parole si spensero quando mi resi conto all'improvviso che potevo sembrare piuttosto sciocca.

Nonostante la mia preoccupazione, Daniel non sembrò pensare che fosse sciocco fermarsi a caso per esprimere desideri nella fontana della città. Con un cenno, i suoi occhi si spostarono su Donovan. Donovan alzò una mano e la lasciò ricadere. «Non ho visto molto. Ho accostato perché ho sbandato un po' sul ghiaccio e ho urtato un marciapiede. Ho controllato che il cerchione non si fosse rovinato. Tutto qui. Ho visto Juliette che usciva, così ho aspettato per salutarla, e l'albero ha preso fuoco mentre eravamo lì fermi.»

«Quindi nessuno di voi due ha visto qualcun altro?» domandò Daniel.

«No» rispondemmo all'unisono.

Daniel annuì lentamente. «Per caso avete visto Beatrice Powers?»

Beatrice era una strega anziana e piuttosto potente. La sua casa si trovava all'angolo della piazza del paese. Scossi la testa. «Uh, no. Era lì? O meglio, era almeno sveglia?»

«Beh, era abbastanza sveglia da chiamare la polizia e avvisarci dell'incendio. È stata una fortuna che l'abbia fatto, perché i vigili del fuoco sono riusciti a contenerlo all'albero. Con la neve, non immagino si sarebbe propagato molto, ma è proprio in centro città, quindi sarebbe potuta andare male se si fosse diffuso» spiegò Daniel.

Donovan chiese: «L'incendio ha svegliato Beatrice?»

Daniel si strinse nelle spalle. «Ha rifiutato di venire per essere interrogata, quindi andrò a trovarla a casa sua domani. Se a uno di voi due venisse in mente qualcos'altro, per favore, passate a dirmelo o fatemi una telefonata» disse Daniel mentre tirava fuori due biglietti da visita e ce li faceva scivolare sul tavolo.

Pochi istanti dopo, ero sul marciapiede fuori dalla stazione di polizia accanto a Donovan. «È stato un piacere rivederti, anche se le circostanze sono state un po' insolite» proposi.

Donovan accennò un sorriso. «Che ne dici se ci prendiamo un caffè presto?»

«Ehm, certo» risposi, un po' sorpresa dalla sua proposta. Sentii di nuovo le farfalle nello stomaco. «Ti do il mio numero? Magari possiamo vederci tra qualche giorno.»

«Perfetto.» Sfilò il telefono dalla tasca del cappotto. «Qual è il tuo numero?» Lo digitò sul telefono mentre glielo dettavo, e poi mi inviò subito un messaggio. «Controlla e salva il mio nome, così saprai che sono io.»

«Ricevuto. Mi ha fatto piacere vederti» risposi, salutandolo con la mano mentre mi giravo e mi avviavo lungo il marciapiede buio e deserto verso la mia auto.

Non c'era quasi neve, solo qualche fiocco che fluttuava nel fascio di luce dei miei fari mentre seguivo la strada lungo la costa verso la casa della mia infanzia. Poco dopo, spensi i fari davanti a casa. Presi la borsa dal sedile posteriore e salii di corsa i gradini d'ingresso.

Aprii la porta, immaginando che i miei genitori stessero dormendo. Avrei dovuto immaginarlo. Nell'istante in cui la porta scattò chiudendosi alle mie spalle, sentii la voce di mia madre arrivare dal corridoio. «Juliette!»

«Ehi, mamma» dissi mentre entrava nell'ingresso. Mia madre, Alice Good, riusciva in qualche modo ad avere un'aria elegante perfino quasi alle due del mattino, in vestaglia e pantofole.

I suoi capelli argentati, screziati di ciocche nere, erano raccolti in una treccia morbida. I suoi occhi azzurri si incresparono agli angoli in un sorriso mentre mi avvicinavo, lasciando cadere la borsa a terra.

«Ciao, tesoro» disse, stringendomi in un caldo abbraccio. Profumava di vaniglia. Da sempre.

Sciogliendomi dall'abbraccio, le strinsi le spalle. «Non mi aspettavo che saresti rimasta sveglia ad aspettarmi, mamma.»

«Beh, non ne avevo intenzione, finché Anna Goodness della centrale non mi ha chiamata per dirmi che eri sulla piazza del paese quando l'albero ha preso fuoco. Stavo per mandarti un messaggio, ma ho pensato che fossi impegnata. Ti prego, dimmi che non c'entri niente, tesoro.»

«Mamma! Perché mai dovrei c'entrare qualcosa io?»

Mia madre strinse le labbra e inclinò la testa di lato. «I tuoi poteri sono legati all'elettricità e a volte è un po' bizzosa.» Ricacciai indietro una risposta piccata mentre un moto di difesa si faceva strada dentro di me. «Seguimi in cucina, prendiamoci una tazza di tè. Tuo padre è tornato a letto, ma io non riuscivo a smettere di preoccuparmi, così ti ho aspettata.»

«Dammi qualche minuto per portare la borsa di sopra. Arrivo subito.»

Mentre mia madre si avviava lungo il corridoio, mi chinai a raccogliere la borsa. La casa dei miei genitori era una vecchia casa in stile coloniale. L'ingresso era a doppia altezza, con una scala curva che correva lungo la parete circolare. Dal vestibolo, il corridoio attraversava il centro della casa, con lucidi pavimenti in legno massiccio ovunque. Il piano terra ospitava una cucina e un piccolo salotto da un lato, e un salone e una sala da pranzo di rappresentanza, insieme allo studio di mio padre, dall'altro. Mi sfilai le scarpe e le lasciai nel piccolo vassoio vicino alla porta d'ingresso, salendo le scale in silenzio con i piedi calzati solo dai calzini.

Un altro corridoio attraversava il centro della casa al piano di sopra, con porte che davano su sei camere da letto e quattro bagni. Eravamo cinque figli. Aprendo la porta della mia vecchia camera da letto, trovai la lampada accesa in un angolo. I miei genitori avevano ridipinto la stanza di un grigio tortora e l'avevano riarredata con mobili in legno chiaro, conferendole un aspetto pulito e moderno. Un enorme piumone blu scuro era gettato sul letto, con una pila di cuscini.

Appoggiai la borsa vicino al comò, lasciai la borsetta sul tavolino accanto e cercai rapidamente un paio dei miei morbidi pantaloni di flanella e una T-shirt. Non avevo bisogno di restare in jeans per una tazza di tè a tarda notte con mia madre. Fermandomi davanti allo specchio sopra il comò, mi passai le dita tra i capelli scuri. Erano un po' umidi per via della neve. I miei occhi azzurri spiccavano nella luce fioca. Arricciai il naso al mio aspetto piuttosto trasandato. Non proprio il look migliore per il mio incontro con Donovan.

Con un sospiro, mi voltai e mi affrettai a scendere. Non vedevo l'ora di bere un tè caldo, ma speravo che mia madre non si soffermasse troppo sulle sue preoccupazioni riguardo ai miei poteri "bizzosi".

CAPITOLO TRE

«Allora hai espresso un desiderio nella fontana e, quando la monetina è caduta dentro, si è illuminata con una piccola scarica di elettricità?» chiese mia madre.

Presi un sorso del mio tè al limone e miele e annuii. «Sì. Esatto. Non riesco a ricordare l'ultima volta che ho provato a esprimere un desiderio in quella vecchia fontana. È passato così tanto tempo che non me lo ricordo nemmeno. Dopodiché, mentre tornavo alla macchina, mi sono imbattuta in Donovan Wick. Te lo ricordi?»

«Oh, certo. I Wick erano una brava famiglia. Ho sentito che ha ereditato la vecchia casa dei suoi nonni.»

Mia madre sapeva *tutto*. Sempre.

«Certo che lo sapevi» dissi con un leggero sorriso. «Comunque, subito dopo averlo visto, l'albero ha preso fuoco. C'è stato un forte schiocco e poi, *whoosh*. È arrivata la polizia e tutto il resto. Siamo andati alla centrale e abbiamo fatto un colloquio di approfondimento con Daniel, su sua richiesta. Donovan non ha visto nulla più di me. Non posso credere che tu possa pensare che io c'entri qualcosa, mamma.»

Era più che fastidioso che mia madre prendesse in considerazione quella possibilità. Ma d'altronde, tendevo a sentirmi la pecora nera della famiglia. Avevo avuto qualche difficoltà quando stavo imparando a usare i miei poteri.

I lineamenti spigolosi di mia madre erano parzialmente in ombra, illuminati solo da una singola lampada sul lato del tavolo dove eravamo sedute, vicino alle finestre della cucina. Corrugò la fronte e sospirò, appena percettibilmente, ma abbastanza da farmelo sentire. «Tesoro, non penserei mai che tu possa fare una cosa del genere di proposito. È solo che il tuo tipo di potere a volte è difficile da gestire, e può appiccare incendi. Lo sai.»

«Mamma, so che i miei poteri erano un po' fuori controllo quando stavo imparando, ma non ha aiutato il fatto che né tu né papà poteste aiutarmi a esercitarmi. Voglio dire, tu sei la regina della genealogia e papà ha altri poteri. E poi, mi hai detto tu che le mie esperienze quando stavo imparando a usare i miei poteri elettrici non erano affatto rare. Non ho problemi da anni» spiegai, cercando di non mettermi troppo sulla difensiva.

Lo sguardo di mia madre si addolcì e allungò una mano sul tavolo per stringere la mia. «Lo so, tesoro. E hai ragione. Non avrei dovuto dire niente.» Fece una pausa, bevendo un sorso del suo tè. «Posso solo immaginare che domani in città le voci si scateneranno.»

«Oh, sono sicura che si stiano già scatenando. Eri sveglia ad accogliermi alla porta e mi hai preparato il tè» dissi con ironia.

Mia madre sorrise. «Sono sempre stata un animale notturno. Lo sai. Proprio come te. Solo *mia* figlia poteva decidere di tornare a casa e arrivare a quest'ora.»

«Ti ricordi l'ultima volta che hai espresso un desiderio nella fontana?» chiesi tra un sorso e l'altro del mio tè rilassante.

Mia madre tamburellò con le dita sul tavolo prima di stringersi nelle spalle. «Onestamente non ricordo. Quando ero una bambina, come la maggior parte di noi, ero affascinata da quella fontana. Una volta sentita la leggenda, ne ero così incuriosita. Così, per qualche anno ho espresso desideri a destra e a manca. Ricordo di aver lanciato una monetina e sentito una piccola scossa elettrica tra le dita ogni volta che esprimevo un desiderio, ma questo è tutto ciò che ricordo. Onestamente, non credo di aver mai provato a esprimere un desiderio al buio. Per quanto ne sappiamo, l'unica ragione per cui hai visto quel piccolo barlume dorato nell'acqua è perché non era giorno. Durante il giorno, il sole batte quasi sempre sulla fontana. Sarebbe difficile vedere una cosa del genere.»

«Giusta osservazione, ma non ricordo di averlo mai visto prima.»

«La domanda logica è: hai mai espresso un desiderio al buio prima d'ora?»

Sorrrisi. «Non mi ricordo, mamma.»

Quando mi sorrise a sua volta mentre prendevo un altro sorso di tè, quella punta di tensione dentro di me si sciolse. Ero a casa e, anche se a volte mia madre si preoccupava per me, mi voleva bene.

Tutto sommato, quando tua figlia strega si ritrova dotata di uno dei poteri soprannaturali più imprevedibili... be', suppongo che avesse un po' più di cui preoccuparsi rispetto a una madre normale. C'era quello, e il fatto che fosse madre di cinque figli, tutti streghe e stregoni. Aveva una cornucopia di preoccupazioni ben più grande della media da considerare.

Raffiche di vento gelido sferzarono il parco cittadino e d'istinto mi portai una mano al collo per stringere la sciarpa. Chinai la testa, mentre delle lacrime si formavano agli angoli dei miei occhi per il freddo. Il sole era alto nel cielo e scintillava sulla superficie increspata dell'Oceano Atlantico mentre mi affrettavo lungo il marciapiede.

Avvicinandomi al cancello in ferro battuto che portava al parco cittadino, mi fermai e guardai verso l'albero. Sussultai alla vista. Il sempreverde, un tempo rigoglioso, era carbonizzato, con solo pochi rami e radi ciuffi di verde in mostra. Ben poco dell'albero era sfuggito all'ira di quello strano incendio della notte prima. Feci un respiro e rivolsi al cielo una piccola preghiera. Avevo fiducia che l'albero si sarebbe ripreso. I vigili del fuoco erano riusciti a spegnere l'incendio prima che bruciasse completamente, ma era uno spettacolo triste contro il paesaggio invernale innevato. Mi voltai, guardando da entrambi i lati prima di attraversare la strada.

Non appena i miei occhi si posarono sull'insegna del Magic Beans, le mie labbra si incurvarono in un sorriso e accelerai un po' il passo. Un istante dopo entrai, seguita da una piccola folata di freddo mentre la porta si chiudeva alle mie spalle.

Un'ondata di calore mi avvolse mentre i miei occhi scrutavano la mia caffetteria preferita. Il Magic Beans serviva caffè e prodotti da forno deliziosi. Il profumo del caffè mi arrivò alle narici, mescolandosi agli aromi di cannella, zucchero e pane fresco. Feci un respiro profondo e mi sfilai i guanti, poi mi tolsi la sciarpa e mi diressi verso il bancone, dove c'era una piccola fila.

Una volta arrivata in cima alla fila, Sarah Glen si voltò a guardarmi con un sorriso. «Ciao, Juliette!» mi disse, porgendo il resto al cliente che si era fatto da parte. «Buona giornata!» esclamò mentre la donna si allontanava, caffè alla mano.

Appoggiando i fianchi al bancone, sorrisi a Sarah. «Ehilà. Sono tornata.»

«Stavolta per sempre, giusto?»

«Credo di sì. Il Magic Beans è rientrato nei calcoli che mi hanno spinta a tornare» risposi facendole l'occhiolino.

Il sorriso di Sarah si allargò. «D'accordo, allora. Cosa ti porto stamattina?»

«Che ne dici di un Shot in the Dark?» risposi, riferendomi al mio preferito: il ricco caffè della casa con una dose di espresso per dargli una marcia in più.

«Arriva subito.» Sarah si girò verso la macchina per l'espresso alle sue spalle e iniziò a prepararmi il caffè.

«Buongiorno, Juliette» disse una voce alle mie spalle.

Voltandomi, mi ritrovai davanti Donovan Wick. Nell'istante in cui incrociai il suo sguardo blu, sentii le farfalle nello stomaco. «Oh, ciao, Donovan. Anche tu qui per un caffè?»

Ma quanto sono scontata?

La mia coscienza critica era sempre pronta a colpire. Per quale altro motivo uno dovrebbe trovarsi in una caffetteria?

Donovan si mise al mio fianco, appoggiando una mano sul bancone. Aveva i capelli scuri scompigliati, probabilmente dal vento. Indossava un piumino nero sopra un paio di jeans consumati e stivali di pelle. Senza il minimo sforzo, appariva sicuro di sé e mascolino in modo rude. Aveva una mascella forte, zigomi scolpiti e un naso dritto, leggermente pronunciato, che non faceva altro che accentuare la sua aura di forza.

Gli angoli dei suoi occhi si incresparono quando sorrise. «In effetti, sono qui per un caffè. Presumo che tu sia qui per lo stesso motivo?»

Sentii le guance scaldarsi leggermente mentre annuivo. «Beh, sì. Dato che non sei in città dalla prima elementare, dovresti sapere che il Magic Beans è la caffetteria migliore della zona» dissi, proprio mentre Sarah si voltava con il mio caffè.

Lei lanciò un'occhiata a entrambi e mi rivolse un sorriso raggiante. «Ma grazie, Juliette. Ecco il tuo caffè» disse facendomi scivolare la tazza sul bancone. «Sono tre dollari tondi tondi.»

Mentre tiravo fuori il portafoglio dalla borsa, lei rivolse la sua attenzione a Donovan. «Cosa posso portarLe stamattina? Comunque, io sono Sarah Glen. La mia famiglia gestisce il Magic Beans e di solito mi trova qui.»

«Piacere di conoscerLa, Sarah» rispose Donovan con disinvoltura. «Sono Donovan Wick. Conosco Juliette dai tempi della suddetta prima elementare. In realtà sono venuto a Charm Cove alcune volte da allora per trovare i miei nonni. Sono mancati, quindi ho ereditato la casa di famiglia e sto per trasferirmi di nuovo qui. Per quanto riguarda il caffè, prenderò uno Shot in the Dark, se li avete.»

Alzando lo sguardo verso Sarah, le porsi una banconota da cinque dollari. «Tieni il resto.» Poi, guardando Donovan, aggiunsi: «Certo che hanno lo Shot in the Dark. È il mio preferito.»

Mi sentivo come se fossi tornata indietro nel tempo, in prima elementare, per quanto erano stupidi e infantili i miei pensieri. Chissà perché, trovavo significativo il fatto che avessimo la stessa bevanda preferita.

Donovan mi fece un rapido sorriso prima di guardare Sarah. «Perfetto. Prenderò la misura più grande che avete. Mangi qualcosa?» chiese, voltandosi di nuovo verso di me.

«Oh, me n'ero completamente dimenticata.» Incrociando lo sguardo di Sarah, chiesi: «Posso avere una girella spinaci e formaggio?»

«Te la offro io» si intromise Donovan.

«Non devi.»

«Mi restituirai il favore la prossima volta che ci vediamo qui» disse con fermezza.

Quando Donovan abbassò lo sguardo per tirare fuori il portafoglio dalla tasca, Sarah catturò i miei occhi, inarcando le sopracciglia in modo plateale. Speravo non fosse troppo ovvio che avevo una specie di, be', forse una *cotta* per Donovan. Lo sguardo complice di Sarah non era di alcun conforto.

«Fanne due, di girelle spinaci e formaggio» disse Donovan porgendole una carta di credito.

Sarah gli fece il conto e iniziò a prepararargli il caffè dopo aver messo le due girelle nel fornetto a lato della macchina per l'espresso.

«Vado a prendere un tavolo per noi. Sono sicura che ci vedremo presto, Sarah» dissi a voce alta mentre mi allontanavo e mi facevo strada attraverso la caffetteria per accaparrarmi l'unico tavolo libero vicino alle finestre.

CAPITOLO QUATTRO

Proprio mentre mi stavo sedendo, sentii chiamare il mio nome. Dando un'occhiata, vidi mia cognata, Moira, seduta a un tavolo accanto al mio con un'amica in comune, Zoe Levesque. Zoe era sposata con Daniel, il capo della polizia della città che mi aveva interrogata nelle prime ore del mattino.

«Oh, ciao! Non vi avevo viste quando sono entrata» dissi, girandomi verso di loro mentre mi sedevo.

Moira abbozzò un rapido sorriso. «Ho alzato lo sguardo proprio mentre stavi arrivando». Si avvicinò. «Chi è quel bel tipo al bancone?» sussurrò.

Zoe ridacchiò, scostando un ricciolo castano dalla guancia, con gli occhi dello stesso colore che brillavano maliziosi.

«È Donovan Wick» dissi, sottovoce. «Te lo ricordi? Era in prima elementare con me. Tu saresti dovuta essere un anno più avanti di noi».

Moira arricciò le labbra, i suoi occhi verdi pensierosi mentre lanciava un'altra occhiata a Donovan al bancone. «A malapena. La sua famiglia si è trasferita fuori città?».

Zoe annuì. «Me lo ricordo. Abitavano in fondo alla strada dei miei genitori quando ero piccola. Si è trasferito con i suoi, ma i nonni sono rimasti qui. Suo nonno è mancato qualche anno fa e sua nonna proprio l'anno scorso. A detta di mia madre, gli hanno lasciato la vecchia casa di famiglia».

Moira si appoggiò allo schienale della sedia e sorrise guardando Zoe. «C'è qualcosa che non ti ricordi?» la prese in giro.

«A dire il vero, dimentico cosa mi serve al supermercato. Sono i fatti casuali come questo che non dimentico. La mia smemorataggine quotidiana è *molto* peggiorata ora che il bambino nascerà tra due settimane. Devo dirvi, però, che non vedo l'ora di bere una tazza di caffè» disse, sollevando la tazza che teneva in mano. «Prima di rimanere incinta, bevevo il tè solo ogni tanto. Ora ne ho la nausea».

«Okay, in qualche modo ho perso la cognizione del tempo. Non mi ero resa conto che il tuo bambino dovesse nascere tra due settimane» dissi, abbassando lo sguardo sulla sua pancia piuttosto rotonda.

Moira sorrise, infilandosi una ciocca dei suoi lucidi capelli neri dietro l'orecchio. «Due settimane e sarò una madrina. Mi sembra un buon primo passo prima che io e Liam pensiamo anche solo di avere un bambino nostro».

«Tu e Liam state...?» cominciai.

Moira mi interruppe. «Non pensare che avremo un bambino a breve. Anche se Liam ha detto di essere pronto quando lo sarò anch'io. Non so se questo renda le cose più facili o no. Tuo fratello a volte è fin troppo buono».

Si riferiva a mio fratello maggiore, l'uomo che era destinata a sposare da prima ancora che nascesse. Essendo una Good, ero ben consapevole del leggendario incantesimo lanciato secoli fa da due matriarche delle famiglie Wicked e Good. Dopo un brutto episodio di faide tra le potenti famiglie, lanciarono un incantesimo che decretava che un Wicked e una Good dovessero sposarsi una volta ogni secolo. Mio fratello era il fortunato di questo secolo. Meno male che non era toccato a me. Non potevo neanche immaginare quel tipo di pressione.

Risi, proprio mentre Donovan si avvicinava al nostro tavolo. «Sto interrompendo qualcosa?» chiese, fermandosi accanto alla sedia vuota di fronte a me.

«Certo che no. Siediti. Mi hai appena offerto la colazione». Gesticolando verso Zoe e Moira, dissi: «Lei è mia cognata, Moira, e questa la nostra amica Zoe. Comportati bene con Zoe, perché è sposata con Daniel Levesque».

Donovan ridacchiò mentre si accomodava sulla sedia di fronte a me, facendo un cenno a Moira e Zoe. «Sono Donovan Wick. Piacere di conoscervi».

«Piacere di conoscerti. Juliette ci ha detto che ti sei appena trasferito di nuovo a Charm Cove» disse Zoe in tono colloquiale.

«Proprio così. Ho conosciuto tuo marito ieri sera».

«Oh sì, Daniel ha detto che eri una delle poche persone nei paraggi quando l'albero della città ha preso fuoco».

«È vero» disse Moira, guardando verso di me. «Tua madre ha detto che c'eri anche tu. Che diavolo è successo?».

Donovan ed io raccontammo rapidamente gli eventi. Conclusi con una scrollata di spalle, aggiungendo: «Quindi non abbiamo idea di cosa sia successo. Ho visto l'albero stamattina. Fa così tristezza».

Moira annuì. «Lo so». Il suo sguardo si spostò su Zoe. «Cosa ne pensa Daniel?».

Zoe finì il suo tè e si appoggiò allo schienale della sedia. «Non ha molto su cui basarsi. È stata Beatrice Powers a chiamare la polizia e a riferire che vedeva il fuoco da casa sua. Il che ha senso, considerando che si trova proprio all'angolo della piazza. Altrimenti, Juliette e Donovan sono gli unici due testimoni. Daniel non sa bene cosa pensare».

«Direi che forse è stato un cortocircuito delle luci natalizie, ma quelle funzionano a magia» propose Moira.

«Esatto» concordai.

«Beh, per quanto sia triste che l'albero si sia bruciato così tanto, sono solo contenta che nient'altro sia stato danneggiato nell'incendio» commentò Zoe.

«Liam andrà a controllare l'albero oggi. Potrebbe riuscire a riportarlo al suo stato originale» intervenne Moira.

«Oh» dissi, rallegrandomi mentre guardavo Moira. «Mi ero dimenticata che potrebbe riuscirci». Donovan ci guardò, inarcando un sopracciglio interrogativo.

«Liam ha il potere di riportare le cose al loro stato originale» spiegò

Moira. «Può essere un po' complicato con cose come piante e alberi, ma vale certamente la pena tentare».

«Il problema è, come lo spieghiamo?» intervenni.

«Ha detto che proverà su un ramo per vedere se funziona. In tal caso, farà un po' alla volta, così non desterà sospetti» chiarì Moira prima di guardare l'orologio. «Oh, devo andare. Devo aprire il negozio. Hai bisogno che ti accompagni alla macchina?». Il suo sguardo si spostò su Zoe.

Zoe annuì, alzandosi lentamente e sospirando mentre si massaggiava la parte bassa della schiena. «Sarebbe fantastico. Giuro, sono troppo bassa per questa gravidanza. È da qualche settimana che la schiena mi sta uccidendo.»

Mi alzai anch'io e diedi un rapido abbraccio a Zoe. «Mi fa piacere vederti. Dobbiamo vederci presto. Vengo io da te, se ti è più comodo» dissi, facendo un passo indietro.

Moira mi diede un veloce abbraccio prima che si allontanassero. Mi risedetti al tavolo. Guardando Donovan, notai che aveva un'espressione divertita sul viso. «Cosa?»

Lui sorrise lentamente. «Avevo dimenticato come sia vivere in una città dove streghe e stregoni non nascondono i propri poteri. Almeno, tra di noi.»

I miei occhi incontrarono i suoi al di là del tavolino e le mie labbra si incurvarono in un sorriso. «È facile dimenticarsene, eh?»

Donovan fece spallucce. «Ero così piccolo quando ce ne siamo andati che, da quando ho ricevuto i miei poteri, ho passato gran parte della mia vita lontano da un posto come questo. I miei genitori erano molto attenti a non lasciarmi fare nulla con la magia. Quando sono diventato abbastanza grande e i poteri si sono rafforzati, i miei sono diventati ancora più severi. Temevano che potessi fare qualche sciocchezza per sbaglio. Immagino che a Charm Cove, da adolescente, non ci si debba preoccupare di questo.»

«In realtà, non è così facile. Come per l'albero. Ci sono abbastanza persone qui che non sono streghe e stregoni, per cui Liam non può semplicemente andare là e risanare l'albero tutto in una volta. Anche se ne sarebbe perfettamente capace, se la sua magia funziona sull'albero. Dovrà farlo un po' alla volta per non destare sospetti. Anche se qui possiamo essere più aperti, questo vale solo tra streghe e stregoni. Per quanto mi riguarda, be', quando i miei poteri hanno iniziato a rafforzarsi non è stato esattamente facile. I miei poteri consistono nel controllare e creare l'elettricità.»

Le sopracciglia di Donovan si inarcarono. «Ah. È complicato, vero?»

«Non più, ma all'inizio combinavo disastri in continuazione. Qual è il tuo potere?»

Quando si trattava di streghe e stregoni, c'erano una serie di poteri comuni condivisi da tutti noi: poteri minori legati alle piante e a compiti pratici come aprire le porte. La maggior parte di noi aveva qualche potere associato al blocco di altri incantesimi. Alcuni avevano la capacità di catturare incantesimi e di percepire i poteri. Inoltre, ogni strega e ogni stregone aveva il proprio potere unico. Alcuni poteri erano tramandati in famiglia, ma anche in quel caso c'erano sempre variazioni sul tipo di potere per ogni individuo.

Dato che Donovan si era trasferito quando ero molto piccola, non conoscevo i tipi di poteri della sua famiglia. Ricordavo sua nonna. Era famosa per le sue torte incredibili e spesso le donava perché fossero vendute per varie cause. Non riuscivo a ricordare quale fosse stato il suo potere, o quello di suo nonno.

Charm Cove era un centro di potere di fama mondiale per streghe e stregoni. Vivevano così tanti streghe e stregoni qui che era facile perderne il conto.

«Be', a parte quelli comuni, la mia famiglia ha poteri extra nel bloccare e percepire gli incantesimi. Io posso trasportare oggetti. A volte è comodo» spiegò Donovan con un sorriso sardonico. «Ma devo stare attento.»

Ricambiai il suo sorriso con il mio. «Immagino. Lo usavi per trasportare bottiglie di liquore fuori dall'armadietto dei tuoi genitori al liceo?»

Donovan ridacchiò. «Forse una o due volte. Ma poi mio padre ha lanciato un incantesimo di blocco molto potente sull'armadietto, e così è finita la pacchia.» Donovan guardò l'orologio. «Ora devo proprio andare. Devo incontrare un imprenditore alla casa. I miei nonni vivevano praticamente in una capsula del tempo. C'è ancora la moquette pelosa degli anni '70 in gran parte della casa.»

«Oh, caspita. Mi piacerebbe vederla.»

«Sei la benvenuta quando vuoi. A proposito, ti andrebbe di cenare insieme domani?»

Sentii il calore salirmi alle guance. Credo che Donovan mi stesse chiedendo di uscire. Non sapevo nemmeno cosa pensare. Mi ritrovai ad annuire prima di potermici soffermare.

L'angolo della sua bocca si sollevò mentre annuiva lentamente a sua volta. «Che ne dici di dopodomani, allora? Passo a prenderti?»

«Se non ti dispiace, preferirei raggiungerti io. Sto dai miei genitori. A meno che tu non voglia avere a che fare con loro...»

Donovan gettò la testa all'indietro e rise. Quando il suo sguardo tornò a posarsi sul mio, aggiunse: «Non so nemmeno dove suggerire di andare a cena. Qualche consiglio?»

«Il Charm Café è sempre un'ottima scelta. È nell'isolato successivo, giù lungo Good Lane.»

«Eccellente. Diciamo alle sei?» chiese, alzandosi dal tavolo.

«Perfetto. In bocca al lupo per l'incontro con l'imprenditore» risposi.

CAPITOLO CINQUE

Appena Donovan se n'era andato, finii il caffè, chiedendomi cosa significasse il fatto che la notte precedente avessi desiderato di incontrare un uomo per cui ne valesse la pena. E ora Donovan mi aveva invitata a cena. Non ero il tipo da lasciarmi trasportare dal destino, ma non potevo fare a meno di domandarmelo.

Pochi istanti dopo, uscii dalla porta del bar. Appena misi piede fuori, l'aria pungente dell'inverno mi sferzò le guance. Mi strinsi la sciarpa al collo e feci per attraversare la strada, quando sentii qualcuno chiamare il mio nome.

Mi voltai e vidi Beatrice Powers che si avvicinava. Era imbacuccata per il freddo invernale e camminava a passo svelto. Indossava pantaloni attillati e un piumino, con guanti e cappello. Mi stupiva che avesse più di novant'anni e continuasse a fare lunghe camminate a passo veloce tutto l'anno. Lo faceva da che io ricordi. I suoi capelli argentati brillavano sotto il primo sole del mattino e i suoi occhi castani si incresparono agli angoli in un sorriso quando si fermò davanti a me.

Beatrice era esile come sempre. Quando il vento soffiava più forte, temevo che potesse volare via. «Ciao, Juliette. Come stai stamattina?»

«Sto bene. E tu, come stai, Beatrice?»

«Bene, come al solito», rispose lei con una leggera alzata di spalle.

«Fa un po' freddo stamattina». Si interruppe, guardando verso l'albero carbonizzato al centro del parco. «Ho sentito che sei stata una delle testimoni, ieri sera». Il suo sguardo tornò su di me e mi sentii come se stesse cercando di leggermi nel pensiero.

Conoscevo Beatrice da sempre. Era una strega incredibilmente potente. Per quanto ne sapevo, aveva davvero la capacità di leggermi nel pensiero, non che ci fosse qualcosa da scoprire sull'albero lì dentro. Ciononostante, ero preoccupata. Non potevo fare a meno di chiedermi se in qualche modo la mia presenza e i miei poteri elettrici avessero avuto a che fare con l'incendio dell'albero.

«Ero una delle uniche due testimoni. Odio vedere quell'albero alla luce del giorno. Liam ha intenzione di vedere se riesce a ripristinarlo», dissi.

Beatrice annuì. «Certo che ci riuscirà. Quella sarà la parte facile. La sfida per lui sarà riuscirci in un modo che non desti sospetti».

«Lo so. Hai chiamato tu la polizia, giusto?», chiesi, cambiando discorso.

«Certamente. Il sonno è capriccioso quando si invecchia. Ero sveglia a leggere perché non riuscivo a dormire. Un attimo dopo, quell'albero era come un fiammifero gigante in mezzo al parco». Si interruppe, inclinando la testa di lato. «Non credo che tu c'entri qualcosa, cara, ma temo che quel desiderio che hai espresso e i tuoi poteri elettrici possano essere stati intercettati da qualcun altro. Ho anche pensato di avvertirti che corre voce che sia stata tu a dare fuoco a quell'albero».

«Cosa?!», chiesi, incapace di nascondere l'allarme nella mia voce.

Beatrice allungò una mano e la strinse attorno alla mia, premendola delicatamente. «Le voci si diffondono veloci quanto l'incendio di quell'albero, cara».

«Ma perché proprio io? Mi trovavo lì per caso», protestai.

«Beh, è logico, ecco perché. Chiunque conosca i tuoi poteri potrebbe chiederselo, perché le persone sono fatte così».

Costernata, la fissai e sospirai. Mi strinse di nuovo la mano prima di infilarsi le sue in tasca.

«Beh, Daniel non sembra sospettare di me», proposi timidamente.

«Cara, è stato il primo a menzionarlo».

«Non lo farei mai!»

«Daniel non sembra pensare che tu abbia fatto qualcosa di proposito, ma a quanto pare qualcuno gli ha parlato dei tuoi poteri legati all'elettricità. È preoccupato che possa esserci stato un incidente».

Feci un respiro profondo, raccogliendo tutta la mia forza di volontà per non urlare. Decisamente un momento surreale. Dopo un altro respiro lento, risposi: «Beh, suppongo che dovrei andare a parlargli».

«Non mi preoccuperei, cara. Tengo le orecchie ben aperte. Ho intenzione di parlare con Camille Wicked. Oltre a te e Donovan, ieri sera ho visto un altro uomo che camminava sul lato opposto del parco e un gruppo di adolescenti. Appena possibile, voglio che lei faccia in modo di avvicinarsi abbastanza a un paio di quei ragazzi».

«Sono confusa. In che modo può aiutare Camille?», chiesi. Camille Wicked era la madre di Moira, quindi anche la suocera di mio fratello.

«Lei percepisce i segreti, cara. Se qualcuno ha un segreto che vuole mantenere e lei si avvicina abbastanza, lo scoprirà per noi».

«Quindi dobbiamo solo scoprire chi altro c'era nel parco ieri sera?»

«Sarebbe certamente d'aiuto».

«Beh, chiederò in giro».

Beatrice annuì vigorosamente. «Nel frattempo, stai attenta. Dovresti parlare anche con Moira. Lei sente tutto nel negozio. Così come tua zia Opal».

«Passo a trovare Moira in negozio adesso. È stato un piacere vederti, Beatrice. Grazie per avermi avvertita sulle voci. E io che ero così contenta di essere finalmente tornata a casa».

«Oh, passerà. Sarai felice di essere qui. È questo il tuo posto. Te lo prometto».

Sulla scia di quelle parole rassicuranti, Beatrice mi salutò con la mano e si allontanò in fretta.

CAPITOLO SEI

Attraversata la strada, stavo per tagliare in diagonale per il parco cittadino quando sentii un'esclamazione soffocata. Mi voltai e vidi una coppia in piedi davanti alla fontana dove avevo espresso il mio desiderio la sera prima, a tarda notte.

Una donna gettò le braccia al collo dell'uomo al suo fianco. «Ho appena desiderato che tu mi chiedessi di sposarti. E l'hai fatto!» esclamò.

Senza rendermene conto, i miei piedi si mossero verso la fontana, portandomi vicino alla coppia. L'uomo sembrava un po' frastornato, ma sorrideva. La donna era a dir poco estasiata.

«Mi scusi,» dissi, fermandomi lì accanto. Si voltarono verso di me all'unisono. «Ha appena espresso un desiderio nella fontana?»

La donna annuì, eccitata. «Sì! Ho appena desiderato che mi chiedesse di sposarlo, e un secondo dopo l'ha fatto. Non è incredibile?»

«Wow, certamente. Aveva mai espresso un desiderio qui?»

La donna scosse la testa. «No. È la nostra prima volta qui. Siamo solo di passaggio perché una mia amica si sposa a Bar Harbor. Abbiamo deciso di fermarci qui per pranzo lungo la strada, perché abbiamo sentito dire che è una cittadina deliziosa. Speriamo di venirci in vacanza, un'estate o l'altra.»

«Beh, è meraviglioso che il suo desiderio si sia avverato. Spero che il pranzo sia di vostro gradimento e congratulazioni,» riuscii a dire, cercando di placare l'ansia che mi ribolliva dentro.

Questa fontana dei desideri non avrebbe dovuto funzionare per nessun altro al di fuori di streghe e stregoni. Non riuscivo a togliermi dalla testa la vista di quell'elettricità che risaliva attraverso l'acqua nell'oscurità, quando la sera prima avevo gettato la moneta nella fontana. E non riuscivo nemmeno a scrollarmi di dosso la preoccupazione che Beatrice potesse averci visto giusto, quando aveva detto che forse i miei poteri avevano innescato qualcosa che aveva causato l'incendio.

Una famiglia con due bambini piccoli stava passando e sembrava aver sentito l'ultima parte della nostra conversazione. «Esprimi un desiderio, Maddie,» disse la madre, sfiorando con la mano la testa coperta dal cappello della figlia, da cui spuntavano due trecce scure.

La bambina, che supposi si chiamasse Maddie, sorrise alla madre. «Prima mi serve un penny,» annunciò.

Il padre recuperò il penny richiesto dalla tasca e glielo porse. La piccola Maddie lo tenne tra le manine guantate, stringendo forte gli occhi prima di riaprirli e lanciare la moneta nella fontana.

Quando incrociai lo sguardo della madre, seppi di non essere stata l'unica a vedere il riflesso dorato risalire dal penny quando aveva toccato il fondo della vecchia fontana di granito.

Maddie strillò e batté le mani quando suo padre parlò. «Allora, che ne dite se andiamo al negozio di dolci all'acero?» chiese.

Maddie sorrise raggiante. «È esattamente quello che ho desiderato, papà! Volevo che ci portassi al negozio di dolci all'acero perché voglio uno di quei lecca-lecca. Sembrano un albero,» spiegò, afferrando la mano della madre e stringendola forte mentre saltellava sul posto.

Il padre aveva un'espressione leggermente frastornata, anche se non quanto quella dell'uomo che aveva appena fatto la proposta di matrimonio, apparentemente sorprendendo se stesso tanto quanto la sua neo-fidanzata. La madre sembrava pensare che la tempistica dell'annuncio del padre non fosse altro che una coincidenza. «Avevamo già in programma di andarci, Maddie. Ma è sempre bello quando i desideri si avverano, non trovi?»

Feci un sorriso educato e strinsi le spalle quando la madre si voltò di nuovo verso di me. «I desideri sono la cosa migliore quando si avverano. Buona giornata,» dissi prima di allontanarmi in fretta.

Pochi istanti dopo, aprii la porta di Persnickety Potions & Gifts, la cui insegna viola brillante con caratteri estrosi, che spiccava sul parco, si addiceva perfettamente al negozio.

Sorrisi in direzione di Moira non appena la porta si chiuse alle mie spalle, sollevata dal calore che mi avvolse.

«Non sapevo che saresti passata subito, Juliette,» disse Moira.

«Non ne avevo l'intenzione, ma poi ho incontrato Beatrice,» risposi mentre mi sfilavo la sciarpa e mi avvicinavo al bancone sul lato del negozio.

«Oh, davvero?» Moira stava sistemando dei braccialetti in una scatola sul bancone.

Avvicinandomi, mi fermai davanti alla vetrina, appoggiandovi il fianco. «Sì. A quanto pare, si dice in giro che io abbia avuto un incidente e che abbia appiccato l'incendio di ieri sera. Suppongo che me l'avresti detto, se avessi sentito questa piccola chicca di pettegolezzo.»

«Certo! Ma io vengo a sapere la maggior parte dei pettegolezzi qui, e ho appena aperto da pochi minuti. Cos'ha detto Beatrice?»

«Esattamente questo. Pare che persino Daniel sospetti che sia stato un incidente. Moira, io non ho fatto niente! Però sono sinceramente preoccupata che ci sia stato davvero un incidente.»

«Cosa vuoi dire?»

«Beh, sai che i poteri elettrici possono essere capricciosi. Adesso ho molto più controllo e non ho problemi da anni. Ma quando sono arrivata in città ieri sera, mi sono fermata al parco. Così, tanto per fare. Era così carino, le luci erano ancora sull'albero e, be', sai com'è. Mi sembrava appropriato, visto che stavo tornando a casa. Comunque, per capriccio, ho deciso di esprimere un desiderio nella fontana, perché non lo facevo da anni. Niente di che, se non che, quando ho gettato il penny, una piccola striscia dorata è risalita in superficie. Ti ricordi che la fontana facesse così quando esprimevi un desiderio?»

Moira scosse lentamente la testa. Aveva smesso di sistemare i braccialetti, con le mani appoggiate sul bordo della vetrina che fungeva anche da bancone per la cassa. «No. Non me lo ricordo affatto.

Diciamo che ho evitato la fontana da due estati a questa parte, da quando il primo giorno che sono tornata in città il vecchio Albert Pearson c'è stato trovato morto dentro. Te lo ricordi, vero?»

«Come potrei dimenticarlo? Era il triangolo amoroso geriatrico, e lui ha avuto un incidente.»

Moira sospirò e alzò gli occhi al cielo. «È stato terribile che sia morto, ma mio Dio, che situazione ridicola. Comunque, non ricordo l'ultima volta che ho espresso un desiderio in quella fontana. Cosa ti preoccupa così tanto?»

«Poco fa, dopo aver visto Beatrice, stavo attraversando il parco e ho sentito una donna tutta emozionata perché aveva appena desiderato che il suo ragazzo le chiedesse di sposarlo. Adesso sono fidanzati, nel caso fossi curiosa» le ho detto, scuotendo la testa meravigliata. «Mi sono fermata a chiedere lumi. È arrivata una famigliola e la bambina ha espresso un desiderio. Non c'è niente di strano in questo. La gente esprime desideri lì in continuazione. Ha desiderato che suo padre la portasse al negozio di caramelle all'acero. Prima ancora che lei fiatasse, è esattamente quello che lui ha proposto di fare. Onestamente non so cosa pensare. Quella fontana dovrebbe funzionare solo per le streghe e gli stregoni. Quella coppia non era mai stata a Charm Cove. Sono diretti a un matrimonio a Bar Harbor e oggi si sono fermati qui per pranzo.»

Moira è rimasta in silenzio per qualche istante guardandomi con uno sguardo contemplativo. «Questa faccenda non mi quadra per niente.»

«Oh!» l'ho interrotta. «Quando quella bambina ha gettato la monetina, un piccolo barlume di elettricità è salito dall'acqua. È quello che ho visto ieri sera. So di non essere stata l'unica a vederlo oggi, perché la madre mi ha guardata subito dopo.»

«Immagino che dovremo chiedere in giro per scoprire se sia mai successa una cosa del genere alla fontana. È magica fin da quando era un abbeveratoio per cavalli. La persona migliore a cui chiedere sarebbe tua madre. Lei conoscerà la storia.»

«Certo. Le parlerò sicuramente stasera. Però questo mi ha fatto venire in mente una cosa. Mi sono distratta. Devo vedere tua madre.»

Moira riprese a sistemare i braccialetti. «E per quale motivo?»

«Dal momento che Daniel sospetta che io abbia avuto una specie di incidente con l'elettricità, ho pensato che potrei farle passare un po' di tempo con me, così potrà dimostrare che non nascondo alcun segreto al riguardo.»

Moira rise. «La maggior parte della gente si preoccupa che mia madre scopra i loro segreti e tu invece sei pronta a condividerli.»

«Ehi, se serve a riabilitare il mio nome, per me va benissimo. Se è stato un incidente, non me ne sono nemmeno resa conto. Nel frattempo, Beatrice dice di aver visto un altro uomo che passeggiava nel parco ieri sera, e un gruppo di ragazzi. Dobbiamo scoprire chi fossero. Dato che hai tanti clienti di passaggio, ho pensato di chiederti di tenere le orecchie aperte.»

«Assolutamente. Ti serve altro?»

«Solo il numero di telefono di tua madre. Magari riesco a rintracciarla prima di cena domani. Perché non venite direttamente da me? È a casa dei miei genitori. Siete i benvenuti, ovviamente.»

«A casa dei tuoi genitori domani sera?»

Al mio cenno di assenso, aggiunse: «Certo che verremo. Non mi sorprenderebbe se tua madre avesse già invitato Liam, comunque. Per quanto tempo starai lì?»

«Non lo so. Suppongo finché non capirò dove altro posso stare.»

Moira sorrise. «Ti offrirei il vecchio cottage del custode sulla proprietà dei miei genitori, dove Liam ha alloggiato qualche estate fa, ma ci sta ancora Cam. Con tutto quello che possiedono i tuoi genitori, sicuramente avranno qualcosa di disponibile per te da qualche parte, no?»

«Magari! Ho un appezzamento di terreno, ma non c'è niente sopra. Troverò una soluzione.»

«Beh, in autunno potrai trasferirti nella rimessa delle carrozze. Io e Liam abbiamo in programma di iniziare a costruire la nostra nuova casa questa primavera. Speriamo che sia pronta per il prossimo autunno.»

«Potrei prenderti in parola. Nel frattempo, ci vediamo sicuramente domani sera. Per favore, fa' sapere a tua madre che spero di riuscire a contattarla.»

Moira annuì. «Certo. Se non la raggiungi prima tu, ti chiamerà sicuramente lei.» Sollevò la piccola scatola di braccialetti, ora ordinati, e aggirò il bancone, camminando verso un espositore di gioielli sulla parete di fondo.

Seguendola, mi fermai davanti agli scaffali delle pozioni e ne esaminai la selezione. «Avete altro oltre alle pozioni d'amore?» le chiesi da sopra la spalla.

La risata di Moira mi raggiunse. «Teniamo una scorta di altre pozioni solo per streghe e stregoni nel retro, se vuoi dare un'occhiata.»

Mentre lei finiva di rifornire l'espositore di gioielli, andai nel retro e trovai una pozione *Meno Stress È Meglio*. Il nome poteva essere sciocco, ma la pozione funzionava.

Dopo essere tornata sul davanti, Moira si rifiutò di farmi pagare e mi congedò con un gesto della mano. Mi affrettai lungo Charming Way per tagliare da Good Lane a Wicked Way, sul lato opposto del parco. I miei occhi si posarono sull'insegna di Beauty Bewitched, le lettere gialle che splendevano come un faro luminoso nella grigia giornata invernale, mentre le nuvole si addensavano a oscurare il sole.

Quando entrai, mi guardai intorno in cerca di mia zia Opal. Questo negozio era gestito principalmente dalla famiglia Good, mentre Persnickety Potions & Gifts era gestito per lo più dalla famiglia Wicked. Entrambe le famiglie condividevano la proprietà dei due eserizi commerciali.

A volte essere una strega Good era un fardello. Ero piuttosto potente, ma non sentivo mai di poter essere all'altezza del mio potenziale. Essere la più giovane dei miei fratelli e avere due genitori molto potenti poteva essere estenuante. Aggiungici un fratello che era il predestinato dei Good, ed era solo un altro fattore che si aggiungeva alle leggende che circolavano sulla mia famiglia nel mondo delle streghe. Liam era così adatto a quel ruolo. L'unica volta che aveva fatto un casino era stato quando lui e Moira si erano lasciati per qualche anno.

Ovviamente, era tornato in sé, proprio come Moira. Avevano fatto pace e celebrato il loro matrimonio predestinato. Erano anche davvero e follemente innamorati.

Nel frattempo, a quanto pare, ero la principale sospettata per aver dato fuoco a un leggendario albero di balsamo. La solita fortuna.

Spingendo la porta del negozio, mi fermai a guardarmi intorno.

Beauty Bewitched aveva un focus diverso da Persnickety Potions & Gifts. Venivano presentati principalmente prodotti di bellezza, e avevamo articoli magici che funzionavano davvero. Di conseguenza, gestivamo una fiorente attività online con molti prodotti in edizione limitata. Il fatto è che la magia poteva essere dispensata solo in piccole quantità. Di certo non era stata creata per la nostra moderna società capitalista.

Anche se non lavoravo nel negozio, nel corso degli anni avevo spesso dato una mano a lanciare incantesimi per le varie creme, shampoo, maschere per il viso e cose simili. Vendevamo anche articoli da regalo, ma era un tipo di selezione diverso da quello che aveva Moira.

Il negozio era tranquillo quando entrai, quindi approfittai del momento per fare un giro. Gli espositori erano posizionati strategicamente nello spazio con sezioni dedicate per ogni tipo di prodotto.

Quando arrivai al bancone principale, Opal Good, una delle mie tante zie, stava giusto uscendo dal retro attraverso una porta a battente.

«Beh, salve, Juliette» disse Opal, il suo viso spigoloso che si addolciva in un sorriso. I suoi capelli, per lo più neri e con solo leggere striature argentate, erano raccolti in uno chignon stretto e aveva degli occhiali d'argento appollaiati sul naso.

Indossava un unico braccialetto d'argento con orecchini pendenti d'argento abbinati. Era vestita con la sua solita camicetta bianca e pantaloni neri, praticamente la sua uniforme.

Posò la scatola che teneva in braccio sul bancone-espositore e lo aggirò per venirmi incontro, stringendomi in un abbraccio profumato di lavanda.

Opal si tirò indietro, il suo sguardo solitamente penetrante che si scaldava nel suo sorriso. «È *così* bello vederti, cara. Tua madre mi ha detto che sei tornata a casa sana e salva. Siamo tutti felicissimi che tu sia finalmente a casa per sempre. Spero che tu sia contenta di essere qui.»

«Certo che lo sono! Mamma dice che sei sempre indaffaratissima con il negozio. Sai che puoi farmi sapere se hai mai bisogno di aiuto con la magia per qualche prodotto.»

«Certo che sì, cara. Spero non ti dispiaccia se lavoro mentre chiacchieriamo» disse lei, girando di nuovo intorno al bancone per aprire la scatola. Fece un cenno con la testa verso il piccolo sgabello che si trovava dalla parte opposta del bancone. «Siediti pure. D'inverno di solito c'è calma fino al pomeriggio. Allora, dimmi, cosa ti porta qui?» Iniziò a estrarre delle boccette di lozione e a registrarle nel computer.

«Inventario?» chiesi. Al suo cenno affermativo, risposi alla sua domanda. «Volevo passare a salutarti, ma sono sicura che hai già saputo dell'albero.»

«Certo che l'ho saputo, cara. E se anche non me l'avessero detto, l'ho visto con i miei occhi stamattina, quel povero albero» disse, schioccando la lingua in segno di disapprovazione. «Ma cosa diavolo è successo?»

«Ti prego, dimmi che non hai sentito dire che c'entro qualcosa io» dissi, appoggiando la borsa sul bancone mentre allentavo la sciarpa e la giacca.

Opal strinse le labbra e si strinse nelle spalle. «Eri una delle uniche due testimoni. Devi aspettarti che la gente ci ricami sopra. Secondo Beatrice, c'erano un altro uomo e dei ragazzini sul prato, ma non sa chi fossero.»

«Oh, quindi probabilmente hai sentito da Beatrice la stessa cosa che ha detto a me» dissi con un sospiro.

«Esatto. Non preoccuparti, cara. Le voci si placano sempre. È una delle poche costanti della vita, è sempre stato così fin dalla notte dei tempi.»

«Non c'è stato nessun incidente con i miei poteri. Be', in realtà non saprei dire se ci sia stato un incidente. Per essere chiara, non ho lanciato nessun incantesimo. Ho solo espresso un desiderio nella fontana. Ho pensato di passare perché, gestendo il negozio, sei in una buona posizione per raccogliere pettegolezzi. Mi sarebbe d'aiuto se mi facessi sapere se senti qualcosa su chi altro c'era sul prato ieri sera.»

«Non c'è nemmeno bisogno di chiedere, ma facciamo un passo indietro. Cosa intendi dire con "ho espresso un desiderio"?»

«Ho espresso un desiderio nella fontana. E oggi è successo qualcosa di strano.» Procedetti a raccontarle dei bagliori dorati che avevo notato nella fontana quando avevo lanciato la monetina e dei due desideri a cui avevo assistito quella mattina.

Opal registrò l'ultima boccetta di lozione nel suo inventario e rimise tutto nella scatola. Il suo sguardo era pensieroso mentre mi osservava. «Di certo non so cosa pensare. Non ha il minimo senso. Bada bene, sono decenni che non esprimo un desiderio in quella fontana, probabilmente da quando ero un'adolescente, a essere onesta» aggiunse con un sorriso ironico. «Anche allora, credo che mi ricorderei se, dopo averlo fatto, fosse apparsa una striscia dorata nell'acqua.»

«La cosa mi preoccupa. Io non me lo ricordavo, ed è passato un po' di tempo anche per me dall'ultima volta che ho espresso un desiderio lì. Anche se i miei poteri non si estendono fino a percepire se le persone abbiano o meno la magia, sono sicura al 99,9 per cento che nessuna di quelle due persone fosse una strega o uno stregone. Non avrebbero dovuto essere in grado di vedere un desiderio avverarsi.»

Opal alzò gli occhi al cielo mentre sollevava la scatola e tornava dall'altra parte del bancone. Scivolai giù dallo sgabello e la seguii verso uno scaffale espositivo lungo la parete. Senza che me lo chiedesse, seguii il suo esempio e iniziai ad aiutarla a disporre le lozioni in file sullo scaffale.

«È tutto così strano. Perché anche se la leggenda vuole che le streghe possano vedere i loro desideri esauditi da quella fontana, non è una cosa che si verifica sempre, per quanto ne so. Voglio dire, ti ricordi l'ultima volta che un tuo desiderio d'infanzia si è avverato all'istante in quel modo?»

Un sopracciglio di Opal si inarcò elegantemente mentre mi lanciava un'occhiata.

«Lo prendo come un no» dissi. «Allora cosa credi che significhi?»

«Credo che significhi che devi parlarne con tua madre» disse lei senza mezzi termini.

«Me l'ha suggerito anche Moira, cosa che comunque avevo intenzione di fare. E ho anche intenzione di dare a Camille il permesso di sondare tutti i miei segreti sugli eventi di ieri sera. In questo modo, potremo escludere che io abbia fatto qualcosa di proposito.»

Opal rise a bassa voce. «Andrà tutto bene. Dio solo sa che Daniel Levesque tende a preoccuparsi per un nonnulla, ma anche se qualcosa è andato storto con l'elettricità, non è stato intenzionale. Come ho detto, le voci si placheranno. E poi, è solo un albero.»

«Ma quell'albero è lì da centinaia di anni» dissi, sollevando le mani per poi lasciarle ricadere lungo i fianchi.

Opal ridacchiò di nuovo mentre sistemava l'ultima boccetta di lozione sullo scaffale. «*Passerà*, vedrai. Fidati di me, tra Liam e qualcun altro, riporteremo l'albero al suo antico splendore in men che non si dica.»

Proprio in quel momento, entrarono alcuni clienti. Opal mi guardò, sorridendo e facendomi l'occhiolino. «Ci vediamo più tardi.»

CAPITOLO SETTE

«Beatrice? Cosa?» esclamai.

«Proprio come ho detto. Daniel non vuole dire chi, ma qualcuno gli ha detto che dovrebbe dare un'occhiata più a fondo a Beatrice. Gli ho detto che è pazzo» disse Moira.

Sconcertata, mi sporsi, afferrando il mio bicchiere di vino e bevendone un lungo sorso. Nel frattempo, Camille masticava con calma il boccone che aveva appena preso, ascoltando mia madre che chiacchierava di una famiglia su cui stava facendo ricerche per una biblioteca in Francia. Mia madre era felice di cogliere qualsiasi opportunità per parlare di storia e di genealogia delle streghe. Era una specialista e i suoi poteri la aiutavano a vedere nel passato.

Non era solo la specialista di genealogia residente di Charm Cove, ma probabilmente la più rinomata al mondo nel suo campo. Sebbene poche persone al di fuori del mondo delle famiglie di streghe e stregoni la conoscessero, chiunque fosse una strega o uno stregone sapeva chi fosse. Spesso riceveva richieste da luoghi remoti, da diverse parti del mondo, per indagare su certe famiglie. Tutte queste richieste arrivavano per posta ordinaria. Dato che eravamo streghe e stregoni, di certo non comunicavamo online in alcun modo, forma o maniera riguardo ai nostri effettivi poteri soprannaturali.

I piani per la cena si erano spostati dalla casa dei miei genitori a quella di Gabriel e Camille Wicked, della rinomata famiglia Wicked, l'unica famiglia della zona che rivaleggiava in potere e influenza con la famiglia Good. Convenientemente, eravamo riusciti a mantenere la pace tra di noi grazie a quell'antico incantesimo che aveva destinato Liam e Moira al matrimonio. Le famiglie Wicked e Good erano enormi e sparpagliate in tutto il mondo. Tuttavia, due dei rami più antichi risiedevano proprio qui a Charm Cove.

Oltre a Moira, Liam e me, si erano uniti a noi due dei fratelli di Moira, Gabriel e Cam, insieme ai nostri rispettivi genitori.

«Moira» mormorai, «sono sicura che tu abbia già chiesto a Zoe se sa qualcosa al riguardo».

«Certo. Zoe dice che Daniel non rivela cosa pensa. Credo sia una stronzata che qualcuno abbia anche solo insinuato che Beatrice abbia dato fuoco all'albero solo perché le è capitato di chiamare il 9-1-1» disse con fermezza.

Camille guardò dall'altra parte del tavolo. «Cosa è una stronzata?» chiese.

Camille riusciva ad apparire elegante e dignitosa persino quando diceva le parolacce. Moira condivideva i lineamenti scolpiti della madre, un naso dritto e una mascella leggermente squadrata. I capelli di Camille, un tempo quasi neri, si erano addolciti diventando per lo più argentati, con spruzzi di pepe sparsi qua e là. Quella sera li aveva raccolti in uno chignon morbido in cima alla testa. Quando allungò la mano per prendere il vino, i suoi braccialetti d'argento tintinnarono l'uno contro l'altro.

«Non ho ancora avuto modo di dirti che Zoe mi ha detto che qualcuno ha suggerito a Daniel di indagare più a fondo su Beatrice» spiegò Moira.

«Per via dell'albero bruciato?» si intromise mia madre, posando la forchetta e sollevando un tovagliolo di stoffa per tamponare delicatamente gli angoli della bocca.

«Esatto» rispose Moira, roteando gli occhi. «Se volete la mia opinione, chiunque gli abbia messo quella pulce nell'orecchio è qualcuno legato ai ragazzi che bazzicavano nel parco quella notte, o a quell'uomo sconosciuto. Beatrice non darebbe mai fuoco a quell'albero di proposito».

«Avrebbe senso. Voglio dire, è l'unica persona che li ha visti quella notte, anche se non riesce a identificarli» aggiunsi.

Mia madre roteò vistosamente gli occhi. «Solo una tattica dilatoria. Dobbiamo scoprire chi c'era nel parco».

«Sarebbe anche utile capire il movente. Che motivo avrebbe mai qualcuno per dare fuoco a quell'albero?» rifletté Gabriel.

Cam intervenne. «La mia ipotesi? Sono quei ragazzini. Chi diavolo fossero. Perché i ragazzini fanno stupidaggini del genere. Non hanno bisogno di un motivo».

Gabriel ridacchiò. Nel frattempo, il padre di Moira si limitò a stringersi nelle spalle, i suoi acuti occhi verdi non rivelavano nessuno dei suoi pensieri, anche se le labbra si incurvarono leggermente. Sia Gabriel Sr. che mio padre sembravano usciti da un'altra epoca. Sebbene non fossero parenti se non per matrimonio, entrambi avevano capelli grigio acciaio, una corporatura snella e indossavano quasi sempre pantaloni con un blazer. Gabriel Sr. aveva penetranti occhi verdi rispetto a quelli blu di mio padre ed era più incline al sorriso.

Infatti, mio padre non accennò nemmeno a un sorriso e si limitò a bere un sorso di vino. Per quanto silenzioso, non dubitavo che stesse archiviando ogni dettaglio nella sua mente per rimuginarci su con i suoi tempi.

«Beh, Camille mi ha scagionata» proposi con un sorriso.

Camille mi fece l'occhiolino. «Certo che l'ho fatto. Di sicuro non nascondi alcun segreto su quello che è successo quella notte. Come ti ho detto, chiamerò io stessa Daniel. Mi crederà sulla parola».

«Nessuna voce su chi altro potesse essere in giro per il centro quella notte?» chiesi al tavolo in generale.

«Oh, di voci ce ne sono sempre in abbondanza, ma niente di verificabile. Più che altro, tutti spettegolano sul ritorno in città di Donovan Wick. È passato ieri pomeriggio a ordinare delle pozioni» propose Moira.

«Davvero? E per che cosa?» domandai.

«Immagino glielo abbia chiesto sua madre. Mi ha detto cosa voleva e io ho accettato di spedirgliele. Credo non sapesse che abbiamo un'opzione online per ordinare pozioni speciali per streghe e stregoni» spiegò Moira.

«Io, per quanto mi riguarda, sono contenta che Donovan sia tornato in città», intervenne mia madre. «È sempre una perdita per Charm Cove quando le famiglie se ne vanno».

«Sai perché se ne sono andati?», chiesi, senza nemmeno preoccuparmi di nascondere la mia curiosità.

«Beh, la loro era un'antica famiglia di contadini, ma nel corso degli anni avevano venduto diversi terreni. Suo padre colse al volo un'occasione per un frutteto pignorato nella parte settentrionale dello stato di New York, e si trasferirono», rispose lei.

«Oh», risposi, fermandomi per finire l'ultimo boccone di eglefino al burro e limone.

Crescendo a Charm Cove, c'era sempre qualche storia sulle famiglie che arrivavano e se ne andavano. Eppure, questa era piuttosto insignificante.

«Non ricordo molto dei poteri della famiglia Wick», commentai, guardando mia madre, perché quello era senza dubbio il suo campo.

Lei finì l'ultimo boccone che aveva nel piatto e posò la forchetta. «In realtà, la famiglia Wick è piuttosto potente», osservò. «Come sono sicura che avrai immaginato, se non lo sapevi già, i Wick sono un ramo della famiglia Wicked. Oltre trecento anni fa, un ramo modificò il proprio nome in Francia, e tutti i discendenti hanno portato avanti quel cognome».

«Oh, mi sa che non lo sapevo», commentò Moira. «Non li considero nemmeno dei parenti, a dire il vero».

Intervenne Camille: «Sono a malapena parenti. Quel legame era molto distante già all'epoca. I cognomi Wicked e Good tra le streghe e gli stregoni sono l'equivalente del cognome americano Smith. Solo perché si condivide il nome, non significa che ci sia ancora un legame forte», spiegò con una piccola alzata di spalle.

Cam si sporse in avanti per prendere la caraffa di vino al centro del tavolo. Dopo essersi riempito il bicchiere a metà, si guardò intorno tenendo la caraffa sollevata. «Nessun altro?». Quando nessuno accettò la sua offerta, la ripose, commentando: «Voglio dire, in tutta onestà, non sono forse tutte le streghe e gli stregoni collegati in un modo o nell'altro?».

«Oh, ma certo», rispose mia madre. «Allo stesso modo in cui tutte le persone sono imparentate in un modo o nell'altro. Comunque sia, tornando ai Wick. Non si stabilirono mai a Salem e arrivarono a Charm Cove solo dopo che la città era stata ben consolidata. Dopo che i genitori di Donovan si trasferirono, i suoi nonni rimasero qui, per lo più in pensione. Suo nonno era uno stregone ed era molto potente. Poteva far viaggiare gli oggetti. Quel potere è nel sangue di quella famiglia».

Scolai l'ultima goccia di vino nel mio bicchiere, ponderando il commento di Donovan sui suoi poteri. «Donovan ha detto che quello è uno dei suoi poteri», riferii.

«Oh, gli hai parlato dopo la notte in cui hai visto l'albero prendere fuoco?», chiese mia madre, con un leggero sorriso che le incurvava gli angoli delle labbra.

Moira mi salvò da ulteriori speculazioni, intromettendosi: «Casualmente era alla caffetteria ieri mattina, quando ci siamo incontrate».

Liam commentò: «Donovan avrà il suo bel da fare lassù, nella vecchia casa di famiglia. Da quanto tempo è disabitata?».

Gabriel Sr. rispose: «Da diversi anni. I suoi nonni si sono trasferiti a New York per stare con i genitori di Donovan dopo che il nonno ebbe un ictus. La casa è rimasta vuota per tutto questo tempo. C'era qualcuno che la controllava, ma è una casa vecchia».

«Donovan ha detto di aver già ingaggiato un imprenditore per dare un'occhiata e aiutarlo a rimetterla in sesto», dissi. «Prima di andare troppo fuori tema, avete qualche suggerimento su come possiamo scoprire chi altro c'era sulla piazza quella notte? Sicuramente qualcun altro sarà stato sveglio fino a tardi, proprio come Beatrice».

«Lo chiederò a Isobel Martin», si offrì Moira.

«Come farebbe a saperlo?», chiesi.

Camille inclinò la testa di lato e sorrise leggermente. «Beh, Isobel è una pettegola affidabile, quindi se c'è qualcosa da scoprire, di solito ne ha già sentito parlare. Inoltre, sua madre vive vicino alla loro vecchia casa di famiglia. E poi si è messa con Morris dell'*Ink Spot*, quindi sa sempre tutto quello che succede in città».

«Morris dell'*Ink Spot*, chi?», chiesi.

«Morris Bishop. Sua moglie è morta più di due anni fa, e il marito di Isobel è deceduto l'anno scorso, quindi sono entrambi vedovi. Vivono sopra la Ferramenta Charm. Se ti ricordi, Morris gestisce quel posto da anni, e la famiglia di suo fratello si occupa dell'*Ink Spot*. La compagnia fa bene a entrambi», intervenne mia madre.

«A proposito, domani esce il riassunto settimanale dell'*Ink Spot*, quindi sono sicuro che ci sarà un articolo sull'incendio dell'albero», commentò Cam, riferendosi all'unico giornale locale di Charm Cove.

CAPITOLO 8

Bruciato l'amato abete balsamico di Charm Cove. I residenti di Charm Cove si sono svegliati di fronte a una scena scioccante e triste. L'amato abete balsamico al centro del parco cittadino, un albero piantato oltre 300 anni fa, è stato trovato completamente carbonizzato ieri mattina, al sorgere del sole.

Secondo il capo della polizia di Charm Cove, Daniel Levesque, la sera prima una residente la cui casa è adiacente al parco ha chiamato i soccorsi dopo aver visto l'albero in fiamme.

Nient'altro è andato bruciato e la causa dell'incendio resta un mistero.

Secondo la polizia, sono stati interrogati due testimoni. Juliette Good stava tornando a casa da Boston e anche Donovan Wick era presente, dopo essersi fermato perché la sua auto era slittata leggermente su una lastra di ghiaccio urtando un marciapiede. Temeva di aver ammaccato il cerchione.

Secondo Beatrice Powers, la residente che ha notato l'incendio, avrebbe visto anche un'altra figura camminare sul lato opposto del parco e un gruppo di persone che presumeva fossero adolescenti. La polizia ha chiesto a chiunque abbia informazioni su altre persone presenti nel parco e agli stessi residenti di farsi avanti per fornire qualsiasi informazione.

Nel frattempo, la polizia non ha motivo di sospettare che la signorina Good o il signor Wick abbiano avuto a che fare con l'incendio.

Passando ad altre notizie locali, la disputa sulla manutenzione stradale e sul lucroso appalto per la città continua. Il fatto che il signor Wick sia scivolato su un tratto di strada ghiacciato è un eccellente esempio delle varie lamentele che gli uffici comunali ricevono quotidianamente.

Per i residenti più recenti, la famiglia Good, e infatti il padre di Juliette Good, gestiva la manutenzione stradale come parte della sua più ampia azienda. Un piccolo ramo della sua attività si occupa di attrezzature pesanti e manutenzione per varie città. Nella nostra zona, questo è un settore redditizio in inverno. Poiché un altro appaltatore locale si è fatto avanti lamentando favoritismi, il Consiglio Comunale di Charm Cove ha votato per offrire due contratti quest'anno.

John Corey si è occupato della manutenzione stradale per metà della città, mentre l'azienda della famiglia Good ha gestito l'altra metà.

Secondo l'addetta alla reception del municipio, sono arrivate lamentele riguardo al servizio del signor Corey. Si sospetta che stia cercando di risparmiare lesinando su sabbia e sale e aspettando troppo a lungo per spalare durante le tempeste di neve.

Donovan Wick è capitato che scivolasse su una lastra di ghiaccio proprio nel tratto di città gestito dal signor Corey. Secondo il parere della redazione dell'Ink Spot, c'è una netta differenza rispetto al servizio a cui i cittadini sono abituati per la manutenzione stradale.

Finora, il Consiglio Comunale non ha deciso di riconsiderare i contratti per questo inverno. I residenti della città chiedono che lo facciano il prima possibile.

Dando un morso al mio scone, alzai lo sguardo verso mio fratello Liam, seduto dall'altra parte del tavolino. «Wow. Chi l'avrebbe mai detto che la manutenzione stradale potesse essere una questione così controversa?»

Chiusi il giornale, lo piegai ordinatamente e lo spinsi sul bordo del tavolo. Io e Liam non avevamo programmato di vederci per un caffè, ma lui era passato al Magic Beans dopo una riunione e io mi trovavo lì per caso. I suoi occhi azzurri brillarono mentre scrollava le spalle. «La manutenzione stradale è un argomento caldo. È importante per le persone.»

«E papà cosa ne pensa di tutto questo?» chiesi.

«Pensa che la gente abbia ragione, che John Corey stia lesinando per risparmiare. Noi non ci lamentiamo e ce ne stiamo fuori. Il Consiglio Comunale deve prendere una decisione per conto proprio. A detta di papà, John si lamenta di favoritismi per questo appalto da più di un decennio. Vede il contratto solo come un modo per fare soldi.»

«Beh, non lo è?» ribattei.

«Certo che lo è. Ma devi fare un buon lavoro e prenderti cura delle strade. Lui sta cercando di gonfiare i suoi margini di guadagno» rispose Liam.

«Andrai alla riunione comunale la prossima settimana?»

Liam scosse la testa. «Non credo, ne dubito. Visto che lavoro per l'azienda di famiglia, la mia presenza potrebbe agitare le acque. Anche se non gestisco quella parte specifica, le cose stanno così. Ci penserò, ma sono sicuro che Moira ci sarà. Qualche settimana fa ha quasi fatto un tamponamento, quindi ha la sua opinione in merito.»

«Beh, io ci vado» mi proposi. «Stamattina, venendo in città, sono quasi stata tamponata. Non è assolutamente la stessa cosa. Non avevo mai nemmeno pensato alle condizioni delle strade. So che non è papà in persona a occuparsi della manutenzione, ma la squadra che gestisce fa un ottimo lavoro, e non me n'ero mai nemmeno accorta. Adesso invece me ne accorgo.»

Liam ridacchiò. «Siamo nel Maine. È normale che ci siano problemi con le strade a volte in inverno.»

«Certo, ma penso che potrebbero fare un lavoro migliore. Tutto qui.»

Liam si fermò per sorseggiare il suo caffè. Posandolo, mi scrutò. «La mamma è felicissima di averti a casa.»

«È bello essere qui.»

«E sono anche sollevato che la mamma possa concentrarsi su chi sposerai tu» aggiunse con un sorriso sornione.

Risi. «Non ha detto una parola. In ogni caso, non ci sarà tanta pressione su di me quanta ne hai avuta tu. Non sono destinata a sposare nessuno e il mio matrimonio non ha alcun effetto sul resto del mondo delle streghe.»

Liam sfoderò un sorriso prima di finire il suo caffè. «Vero. Comunque, devo tornare in ufficio. Non sparire», disse, alzandosi dal tavolo.

Mi alzai con lui, infilandomi la giacca e avvolgendomi la sciarpa intorno al collo. «Ma figurati. Ti ho visto quasi un giorno sì e uno no. Quando mai sono sparita, quando sono nei paraggi?» chiesi mentre uscivamo dalla caffetteria.

Liam ridacchiò. «Mai. È solo un modo di dire.»

Dopo esserci salutati con la mano sul marciapiede, mi voltai e mi incamminai lungo la strada verso l'Hardware Charm. A detta di mia madre, la mamma di Isobel Martin ora aiutava di tanto in tanto al bancone. Speravo di farle qualche domanda mirata.

C'erano molte cose di cui lamentarsi in una piccola città, e cioè che tutti ficcavano il naso negli affari di tutti. Il lato positivo di ciò era che tutti ficcavano il naso negli affari di tutti, e la cosa era considerata perfettamente normale e prevedibile.

L'aria odorava di neve in arrivo. Guardando verso il cielo, lo si vedeva color grigio ardesia a perdita d'occhio. Mentre mi fermavo all'angolo tra Wicked Way e Good Lane, guardai verso l'oceano. La linea dell'orizzonte si confondeva con l'acqua e l'oceano sfumava nel cielo: nient'altro che sfumature di grigio.

Mi voltai e continuai a camminare, fermandomi una volta raggiunta la ferramenta Hardware Charm. Come molti negozi nel centro di Charm Cove, era ospitato in una vecchia casa coloniale. Sapevo che il piano di sopra era occupato da Isobel Martin, insieme alla sua anziana madre e al compagno di quest'ultima, lo stregone che gestiva l'Hardware Charm.

Sorrisi tra me e me quando il campanello sopra la mia testa tintinnò mentre aprivo la porta. La vecchia ferramenta non era cambiata molto da quando ero bambina. Francamente, sospettavo che non fosse cambiata molto negli ultimi secoli. Certo, avevano certamente aggiornato la merce in vendita, anche se non supponevo che chiodi e viti fossero cambiati poi così tanto.

La disposizione di base del negozio era rimasta la stessa. L'ampio pavimento in rovere era consumato fino a diventare lucido dai passi che lo avevano attraversato e da secoli di ceratura. Vecchi scaffali di legno rivestivano le pareti, con un bancone sul retro. Il soffitto era di latta stampata e un ventilatore da soffitto girava pigramente, anche in pieno inverno, apparentemente per spingere il calore verso il basso in questo periodo dell'anno.

Il negozio era silenzioso mentre percorrevo la navata centrale, notando gli scaffali ben organizzati con sezioni etichettate in modo ordinato. Quando arrivai al bancone sul retro, fui sorpresa di trovarvi Isobel Martin. Avevo sperato di incontrare sua madre, ma trovare Isobel lì era una vera fortuna. Isobel era una pettegola, quindi potevo contare sul fatto che mi avrebbe raccontato tutto quello che sapeva.

Visto che la fonte in questione era sua madre, speravo proprio che lei si confidasse con la figlia.

«Ciao, Isobel», dissi fermandomi davanti all'ampio bancone di legno. Il bancone si estendeva per tutta la lunghezza del retro del negozio, con vari articoli sugli scaffali retrostanti.

Isobel alzò lo sguardo e i suoi rotondi occhi castani si incresparono agli angoli quando mi sorrise. «Oh, ciao, Juliette. Si dice in giro che sei tornata in città per restare, dopo la tua visita durante le feste.»

Gli occhi castani di Isobel si abbinavano ai suoi capelli, raccolti dietro il viso in uno chignon stretto. Era tutta tonda, con guance paffute, un dolce sorriso e un'aria materna e delicata. La famiglia di Isobel era una famiglia di streghe, anche se non tra le più potenti. Era sempre bello non doversi preoccupare di essere cauti nella conversazione.

Non che a Charm Cove ci si dovesse preoccupare più di tanto, ma c'erano abbastanza residenti che non erano di natura soprannaturale, compresi alcuni che non avevano idea che noi esistessimo davvero, per cui streghe e stregoni dovevano comunque usare una certa cautela.

«Sono a casa per restare, Isobel, e mi fa molto piacere vederti.»

Anche se ero lì per cercare informazioni, sentivo il bisogno di dare un pretesto per la mia presenza che non fosse il puro pettegolezzo. «Mi chiedevo se qui vendeste chiodi per quadri e cose del genere. Ho delle cose da appendere, visto che ho traslocato.»

Era vero. Solo che non sapevo esattamente dove avrei appeso qualcosa, né per quanto tempo sarei rimasta a casa dei miei genitori.

«Certo che li abbiamo», disse Isobel mentre si affrettava a uscire da dietro il bancone.

La seguii lungo una delle navate, fermandomi accanto a lei quando indicò una sezione sullo scaffale. Presi diversi ganci per quadri. «Non sapevo che lavorassi qui», commentai mentre seguivo Isobel di nuovo verso il bancone.

«Do una mano ogni volta che serve. Forse non lo sai, ma mia madre e Morris hanno trovato il loro nuovo "e vissero per sempre felici e contenti"», disse con un ampio sorriso. «Penso che sia così romantico. Voglio dire, santo cielo, hanno entrambi più di ottant'anni. Non è la cosa più dolce del mondo?» Si premette una mano sul cuore, con le guance leggermente arrossate.

«Lo è di certo», risposi. «Penso che sia quello che tutte speriamo se il nostro primo amore non è con noi per sempre, no?»

«Lo spero bene.» Contò rapidamente la manciata di ganci per quadri e mi fece il conto. «Cambiando argomento, sei capitata proprio nel bel mezzo del nostro ultimo evento la sera stessa in cui sei tornata in città», disse Isobel, esaudendo il mio desiderio inespresso e dandomi un modo semplice per chiederle cosa avesse potuto sentire da sua madre.

«Lo so, ci puoi credere?»

«Beh, questa è Charm Cove. Sai quanta energia si agita in questa città.»

«Lo so bene», dissi, annuendo saggiamente, come se condividessimo una battuta privata. «Sai, ora che me lo fai venire in mente, sono curiosa di sapere se tua madre abbia visto qualcosa quella notte. Voglio dire, da qui hanno un'ottima vista sul parco.»

Isobel alzò lo sguardo mentre mi faceva scivolare un piccolo sacchetto di carta sul bancone. «Oh, intendi se era sveglia quando l'albero ha preso fuoco?»

«Beh, sì. È stata Beatrice Powers a chiamare la polizia quando ha visto l'albero prendere fuoco da casa sua. Sono sicuro che avrai sentito quelle voci terribili secondo cui potrebbe essere sospettata solo perché ha chiamato la polizia», dissi, sporgendomi sul bancone e parlando a bassa voce, anche se non c'era nessuno nei paraggi che potesse sentirmi.

Isobel abboccò facilmente, appoggiando i gomiti sul bancone. «L'ho sentito, sì. Devo dirti che so per certo che non c'è assolutamente modo che Beatrice possa aver avuto a che fare con una cosa del genere. È una delle streghe più venerate di Charm Cove.»

«Lo so», dissi solennemente. «Ecco perché mi chiedo chi altro possa aver visto qualcosa. Secondo Beatrice, ha visto un uomo che camminava sul lato opposto del parco e un gruppo di adolescenti. Ma era troppo buio per poterli identificare. Qualsiasi cosa tua madre o Morris possano aver visto potrebbe essere di grande aiuto.»

«Sai che c'è? Glielo chiedo subito. È di sopra a pranzo. Non posso credere di non averci pensato prima. Aspetta», disse Isobel, alzando un dito mentre sollevava la cornetta del telefono a muro dietro al bancone.

«Mamma, non avresti per caso qualche minuto per scendere?» chiese prima di fermarsi per ascoltare. «Ti chiamo perché è passata Juliette Good. Sai che è tornata a vivere in città, vero?» Un'altra pausa e un cenno d'assenso. «Beh, ci stavamo chiedendo se per caso fossi sveglia l'altra sera, quando l'albero ha preso fuoco. Non mi è nemmeno venuto in mente di chiedertelo. So che sei un animale notturno e che non hai dormito molto bene. Anche se forse le cose sono cambiate ultimamente, con il tuo nuovo amore.»

Isobel incrociò il mio sguardo, con gli occhi che le brillavano. Dopo un altro cenno del capo, mi fece il pollice in su. «Beh, questo è molto utile, mamma. Sai, dovremmo andare a dirlo a Daniel alla stazione di polizia. Non posso credere di non avertelo chiesto prima.» Una lunga pausa, durante la quale Isobel annuiva mentre io aspettavo con impazienza. «Sì, va bene. Diciamo verso le quattro? Morris può coprire il negozio per l'ultima ora, così possiamo vedere Daniel prima che finisca il turno? Okay, perfetto. Ho tempo questo pomeriggio.»

Isobel riattaccò finalmente il telefono e si voltò verso di me, raggiante. «Beh, non ha visto l'albero prendere fuoco, ma ha visto John Corey che passeggiava nel parco. Lui vive dall'altra parte, quindi non è strano che fosse lì. Non ci ha dato peso finché non l'ho chiamata adesso.

«Anche se non conosceva tutti i ragazzi che ha visto, ha detto che un gruppo di giovani stava giocando a frisbee nel parco prima che si facesse troppo tardi. Uno di loro era Timmy Rogers. Non posso assolutamente credere di non aver pensato di chiederglielo prima. Certo, mia mamma può essere un po' svampita, quindi non mi sorprende che non ci abbia fatto caso. Ha sottolineato che vede quei ragazzi lì quasi tutti i giorni. Comunque, oggi pomeriggio alle quattro andremo a parlarne con Daniel.»

«Sono così contenta di aver pensato di chiedertelo. A proposito, non è John Corey quello che ha l'appalto per una parte della manutenzione delle strade comunali quest'inverno?»

Isobel sospirò e strinse gli occhi, scuotendo la testa. «Sì. È proprio lui. E puoi scommettere che ci sarò a quella riunione comunale. Non so cosa ne pensi tu, ma non sta tenendo le strade come si deve. Ne ho fin sopra i capelli. Ha preso l'appalto e adesso va al risparmio.»

Annuii in segno di solidarietà. «Sono d'accordo. Non sono a casa da molto, ma ho decisamente notato la differenza. Prima non avevo mai nemmeno pensato molto alle strade.»

«Esatto, è proprio quello che intendo», sbuffò Isobel. «Sarà meglio che venga anche tu alla riunione comunale.»

«Ho già in programma di andarci. Se non ci vediamo prima, sono sicura che ci vedremo lì.» Mi fermai, dando un'occhiata all'orologio sopra il bancone. «Devo andare, ma è stato un piacere vederti, Isobel. Grazie per aver pensato di chiamare tua madre. Nessuno di noi vuole che Beatrice sia una sospettata.»

«O tu!» esclamò Isobel. Trattenni a stento un sospiro. «Sono sicura che il tuo potere sia maturato, ma mi ricordo bene di quando eri un'adolescente, cara. Anche se la mia famiglia non ha il potere dei Good, capisco che gestire poteri elettrici sia un po' complicato. Spero proprio che non ci sia stato nessun incidente.»

Dovetti stringere i denti. Avrei voluto sbottare che Camille si era seduta accanto a me, con il mio permesso, per sentire se nascondessi qualche segreto e aveva verificato che non fosse così. In questo caso, però, ritenni più importante lasciare che i pettegolezzi si spegnessero da soli.

Feci un leggero sorriso, sperando che la mia tensione non trasparisse dal viso. «Ci sono delle sfide, ma non ho avuto niente a che fare con l'incendio dell'albero. Non ho nulla da nascondere, e spero proprio che riusciremo a chiarire tutto.»

Fui sollevata quando entrò un altro cliente, così potei sfuggire a un'ulteriore discussione sull'argomento. Con un cenno della mano e un sorriso, me ne andai, sollevata di tornare fuori al freddo pungente. L'odore di neve nell'aria si era trasformato in neve vera e propria, con fiocchi che scendevano dal cielo. Erano piccoli e compatti, e sentii che si stava preparando una bufera.

CAPITOLO OTTO

«Davvero?» chiese Donovan, con un angolo delle labbra che si sollevava.

Quei suoi mezzi sorrisi erano pericolosi. Ogni volta che ne vedevo uno, sentivo le farfalle nello stomaco. Sorseggiai un po' di vino e annuii. «Sul serio. Il liceo qui è stato una pazzia di un certo livello. Streghe e stregoni che accettavano i loro poteri e ormoni impazziti.»

Donovan si appoggiò allo schienale della sedia e il suo sorriso si allargò. «Mi spiace un po' non essere cresciuto qui.»

Inclinai la testa di lato, pensierosa. Anche se potevo immaginare un'infanzia fuori da Charm Cove, perché avevo frequentato il college lontano da qui, l'idea di trovarmi in un posto dove avrei dovuto nascondere i miei poteri quasi sempre mi rattristava un po'. Era stata senz'altro una sfida per me accettare i miei poteri, e questo in un luogo dove avevo molto supporto.

«È stato difficile?» chiesi.

Donovan rimase in silenzio per un attimo, poi si strinse nelle spalle. «Non credo. Voglio dire, non è che io possa andare in giro a lanciare incantesimi a destra e a manca neanche qui. Solo che i miei genitori si sono assicurati che sapessi che dovevamo stare molto attenti e non parlarne con nessun altro bambino. Qui tutti conosciamo le famiglie sicure. All'epoca i miei presero quella decisione per motivi economici, ma credo che a volte si chiedano se sia stata la scelta migliore. Ora che entrambi i miei nonni sono morti e i miei genitori stanno invecchiando, penso che potrebbero tornare. Mi piacerebbe molto averli qui.»

«Si trasferirebbero nella stessa casa?»

Donovan fece una scrollata di spalle disinvolta. «Sto ristrutturando la casa principale e una dependance nella proprietà proprio accanto. Di certo non ho bisogno di quell'enorme e vecchia casa di campagna tutta per me. Mi occuperò io delle ristrutturazioni, e vedremo come fare se e quando si trasferiranno davvero qui» spiegò.

«Se non ti dispiace che te lo chieda, che lavoro fai?»

«Certo che non mi dispiace. Sono un ingegnere. Lavoro come consulente. È un'ottima soluzione, perché posso fare gran parte del lavoro online e poi viaggiare quando necessario.»

«Che tipo di ingegneria?»

«Ingegneria meccanica. Lavoro ai progetti di razzi, tra le altre cose.»

«Oh wow, che forte. Puoi dire alla gente che sei uno scienziato missilistico.»

Donovan sfoggiò un sorriso ironico. «Immagino che abbiamo saltato tutte le nozioni di base, eh?» Sentii di nuovo le farfalle nello stomaco. «E tu cosa fai, Juliette?»

Sorseggiai un po' d'acqua e mi strinsi nelle spalle. «Devo capirlo. Ho appena finito gli studi specialistici, anche se mi ci sono voluti un paio d'anni in più perché mi sono presa due anni di pausa dopo la laurea.»

«In cosa sei laureata?»

«Economia. Quindi è quello che ho intenzione di fare. Devo solo capire esattamente come. Se volessi, potrei lavorare per la mia famiglia. Mio padre gestisce una società di investimenti con altre attività secondarie.»

«Inclusa un'impresa di spazzaneve, a quanto ho sentito» commentò Donovan.

«Oh, fammi indovinare. Hai sentito anche tu delle battaglie per la manutenzione delle strade?»

«Certo che ne ho sentito parlare. Non avrei mai pensato di avere un'opinione sulla manutenzione stradale, e invece ce l'ho. Mi è stato detto che dovrei andare alla riunione cittadina la prossima settimana.»

«Andiamoci insieme» dissi, appoggiando un gomito sul tavolo. «Ho bisogno di compagnia e ci andrò.»

CAPITOLO NOVE

Una cameriera si fermò al tavolo dell'Enchanted Spirits. «Allora, cosa vi porto?» chiese, scostandosi la treccia bionda dalla spalla con un gesto rapido.

«Per me una margarita» risposi, lanciando un'occhiata a Donovan, seduto accanto a me.

«Io prendo la birra della casa alla spina» disse lui.

«Idem. Voi?» chiese mio cugino Nathan, facendo scivolare lo sguardo su Liam e Moira.

Liam annuì. «Per me va benissimo. Immagino che tu voglia un bicchiere di vino» rispose, guardando Moira.

Dopo il suo cenno d'assenso, la cameriera si allontanò. «Perché non prendiamo una caraffa di birra della casa?» commentò Cam mentre raggiungeva il tavolo, tirando indietro l'ultima sedia vuota per sedersi.

«Ok, una margarita, una caraffa di birra della casa con quattro bicchieri e un calice di vino. È tutto corretto?» chiese la cameriera.

«E due cestini di anelli di cipolla» si inserì Nathan.

«Ricevuto» disse lei prima di voltarsi e andare via.

Quella sera, l'Enchanted Spirits era affollato. Ma era la norma, anche d'inverno. In alcune serate invernali, il bar era più affollato che in estate durante l'assalto dei turisti. Sebbene i turisti mantenessero ristoranti e bar della città pieni di vita durante i mesi estivi, i lunghi, freddi e bui inverni attiravano la gente del posto in luoghi dove c'era compagnia, cibo e allegria.

Mi era mancato quel senso di cameratismo e di agio. Charm Cove era casa e posti come l'Enchanted Spirits erano pervasi da un senso di calore familiare. Questo bar esisteva da qualche secolo. Anche se i proprietari lo avevano ammodernato, la vecchia casa coloniale che lo ospitava al piano inferiore trasudava storia. Il pavimento in listoni larghi di legno massiccio era consumato da secoli di passi. Un bancone di legno con finiture in ottone rivestiva la parete di fondo. Dei divanetti circondavano lo spazio, con tavoli sparsi qua e là, e in un angolo c'era una zona per giocare a biliardo.

Streghe e stregoni non si sentivano mai fuori posto qui, considerato che in qualsiasi momento costituivano la maggioranza dei clienti. Non avevo programmato di incontrare Donovan qui stasera. Ma quando l'avevo visto camminare davanti a me sul marciapiede, con la testa china mentre il vento gelido sferzava le strade, avevo chiamato il suo nome. Si era voltato e mi aveva salutata con la mano, e io l'avevo invitato d'impulso a unirsi a noi.

Anche se non sapevo bene cosa fossimo, a parte un singolo appuntamento, Donovan era lì in quel momento, e volevo che si sentisse di nuovo accolto tra le braccia del mondo magico di Charm Cove. E quale modo migliore per farlo se non in un bar con un gruppo di amici, tutti streghe e stregoni?

Liam, mio fratello maggiore a volte iperprotettivo, incrociò il mio sguardo, e i suoi occhi indagatori rimbalzarono da me a Donovan e di nuovo a me. Strinsi gli occhi verso di lui, pregandolo mentalmente di non leggere tra le righe. Una scintilla maliziosa gli illuminò lo sguardo e io trattenni un sospiro.

«Allora, Donovan, a che punto è con gli appaltatori per i lavori sulla Sua vecchia casa di famiglia?» chiese Liam in tono colloquiale.

Donovan alzò le spalle con un gesto disinvolto. «I preventivi sono più alti di quanto vorrei, ma sono tutti ragionevoli. Sfortunatamente, è passata più di una decade da quando qualcuno ha abitato la casa, quindi ha bisogno di seri lavori di ristrutturazione» disse Donovan scuotendo la testa. «Il lato positivo è che mi dà una scusa per investire in migliorie.»

Nathan ridacchiò. «Questa è una visione ottimistica. Ristrutturare quelle vecchie case a volte costa un occhio della testa.»

La nostra cameriera arrivò per servirci da bere. Mentre si stava allontanando, un mio ex, o quasi, si fermò vicino al nostro tavolo. «Ehi, ciao, Juliette» disse Lyle.

Sperai che non si trattenesse a lungo. Io e Lyle avevamo avuto una breve frequentazione al liceo. Finì bruscamente quando scoprii che faceva il carino solo nella speranza di convincermi a usare i miei poteri elettrici per scopi nefasti. Lyle era uno stregone a pieno titolo, eppure la sua famiglia era piuttosto debole in quanto a poteri, e lui non era in grado di fare molto più di qualche incantesimo di base. Sebbene fosse un bel ragazzo, finiva sempre nei guai per reati minori.

Riuscii a sfoggiare un sorriso educato. «Ciao, Lyle. Come va?» chiesi, sforzandomi di mantenere un tono disinvolto.

«Tutto bene. Sento dire che la tua prima sera in città è stata piuttosto interessante» commentò con una risatina.

Liam lo guardò di sottecchi. «Di che diavolo sta parlando?» chiese, con un tono immediatamente irritato.

«Oh, dell'albero nel parco comunale. Ho pensato che Juliette avesse avuto un altro dei suoi incidenti» spiegò Lyle.

Praticamente ringhiai, e poi sentii il braccio di Donovan scivolare sulle mie spalle. «Non c'è stato nessun incidente» si intromise Donovan. «Io ero lì, e Juliette non era neanche lontanamente vicina all'albero.»

Qualcuno chiamò il nome di Lyle e, con un altro sorrisetto, lui si voltò e si allontanò. «Dio, com'è immaturo» borbottai prima di tracannare un sorso abbondante della mia margarita.

«Oh, cielo, ignoralo» disse Moira.

Sospirai e allungai la mano verso un anello di cipolla. Prima di dargli un morso, aggiunsi: «Sono solo contenta che abbiamo capito abbastanza in fretta che non c'è stato nessun incidente che coinvolgesse i miei poteri. Ho anche chiesto a tua madre di fare la sua magia».

Donovan sembrò leggermente confuso mentre guardava prima Moira e poi me. «Uno dei poteri di sua madre è percepire i segreti.

Quindi le ho chiesto di controllarmi per avere conferma che non stessi nascondendo nulla riguardo a quella notte» spiegai.

Le sopracciglia di Donovan si inarcarono e gli sfuggì una risata. «Ah, bene.»

Intingendo l'anello di cipolla nella salsa alla senape e miele, ne presi un morso e alzai le spalle. «Ehi, farei di tutto per riabilitare il mio nome.»

«Hai più saputo niente da Isobel dopo che lei e sua madre sono andate a parlare con Daniel?» chiese Moira mentre si serviva qualche anello di cipolla, mentre Liam, Cam e Nathan sembravano fare a gara a chi ne mangiava di più.

Lanciando un'occhiata a Donovan, commentai: «Ti conviene prendere qualche anello di cipolla, se ne vuoi, prima che finiscano tutti.»

Lui mi strinse la spalla, poi lasciò la presa mentre allungava la mano verso la sua birra. Guardando Moira, risposi: «Niente di più di quanto mi avessero già detto. Il ragazzino che hanno identificato era Timmy Rogers, quindi Daniel ha intenzione di sentirlo. Hanno visto anche John Corey là fuori, ma lui vive dall'altra parte della piazza, quindi non è poi così strano. Potrebbe essere solo una coincidenza che si trovassero nei paraggi.»

«Da quando qualcosa a Charm Cove è una coincidenza?» rifletté Cam tra un boccone e l'altro di anelli di cipolla.

Nathan ridacchiò prima di ripulire una generosa Klecks di salsa alla senape e miele con l'ultimo anello di cipolla. «Quasi mai.» Girando lo sguardo verso di me, sorrise. «Almeno tu non hai qualcuno che ti lancia uno strambo incantesimo d'amore.»

Donovan sembrava confuso, così Moira gli spiegò come stavano le cose. «Ti sei perso tutto il divertimento. L'estate scorsa, circa un mese prima che io e Liam ci sposassimo, è venuta qui una strega della Louisiana. Si dava il caso che fosse molto brava con la magia del richiamo. Ha stregato Nathan e lui si è innamorato pazzo di lei.»

Non potei fare a meno di ridacchiare. Intanto, Cam annuiva vigorosamente. «Già, avresti dovuto vederlo. Sono stato io a trovarlo sui moli di Portland che se ne andava in giro come un allocco sognante.»

Nathan scosse la testa con un sospiro. «È ancora imbarazzante. Sembravo un idiota, e lei aveva trovato il Good sbagliato.»

Donovan inarcò un sopracciglio, perplesso.

«Dato che te ne sei andato subito dopo la prima elementare, forse non ricordi che c'era un vecchio incantesimo tra le famiglie Wicked e Good. Una volta ogni secolo, l'incantesimo decretava che un Wicked e un Good dovessero sposarsi per mantenere la pace tra le due famiglie. Tutto a causa di una vecchia e sgradevole faida e di una magia andata storta qualche secolo fa» spiegai.

Donovan si guardò intorno al tavolo, con uno sguardo incredulo. «Non mi pare di ricordarlo. State dicendo sul serio?»

Nathan alzò gli occhi al cielo. «Storia vera, amico. Per quanto riguarda quell'incantesimo d'amore, lei pensava che io fossi il Good predestinato al posto di Liam. Grazie al cielo, direi. Sono stato l'agnello sacrificale del suo canto da sirena. Comunque, tornando al punto. Il fatto che la gente pensi che tu possa aver avuto un incidente con i tuoi poteri elettrici non è niente in confronto a subire davvero un incantesimo da sirena e comportarsi come uno stupido innamorato.»

Donovan ridacchiò. «Beh, immagino che *non* sia stato divertente.»

Sorseggiai il mio margarita, riflettendo su come i soliti problemi di una piccola città avessero certamente una piega unica a Charm Cove. Speravo solo di riuscire a scrollarmi di dosso i sospetti riguardo alla questione dell'albero. Supponevo di dover essere contenta che nessuno si fosse fatto male.

Mentre più tardi, quella sera, stavamo uscendo da Enchanted Spirits, John Corey stava camminando per la strada. Era uno stregone anziano, la cui famiglia non conoscevo molto bene. Anche se a Charm Cove ci conoscevamo tutti, come in qualsiasi altro posto, le cerchie di persone non interagivano tutte tra loro. La sua famiglia era tranquilla e taciturna, e per lo più se ne stava per conto proprio.

Capitò che alzasse lo sguardo proprio mentre mi fermavo accanto alla mia auto. La luce dei lampioni soprastanti scintillò sui suoi capelli argentati. Aveva le mani ficcate in tasca e i suoi occhi si rimpicciolirono nell'istante in cui si posarono su di me. «Una delle streghe Good» mormorò. «La vostra famiglia è una seccatura, e per di più avida.»

Visto che non avevo una buona risposta da dargli, lo ignorai. Mentre premevo il pulsante sul telecomando per sbloccare l'auto, lui si avvicinò di più, stringendomi il gomito con la mano. Un brivido inquieto mi percorse e la tensione mi si attorcigliò nelle viscere.

«Mi scusi» dissi, lanciandogli un'occhiata e sentendo quel leggero formicolio alle dita. Quando mi sentivo minacciata, la mia magia mi formicolava proprio sulla punta delle dita.

«Ehi!» gridò una voce dall'altra parte della strada.

Alzando lo sguardo, vidi Donovan che correva verso di noi dalla sua auto, parcheggiata quasi di fronte alla mia. Un'ondata di sollievo mi attraversò. Non avevo idea del perché quell'uomo fosse arrabbiato con la mia famiglia, ma ero sollevata di non essere sola ad affrontare la situazione.

John lasciò rapidamente il mio gomito, facendo un passo indietro. Quando Donovan mi raggiunse, si stava già girando per andarsene.

«Tutto bene?» chiese Donovan a bassa voce.

«Uh, sì, sto bene» dissi, guardando l'uomo che si allontanava.

«Lo conosci?» chiese Donovan mentre mi giravo per guardarlo dal basso.

«Quello è John Corey, proprio il tizio di cui tutti si lamentano per la questione della strada. Sembra piuttosto arrabbiato con la mia famiglia. Perché pensi che io abbia a che fare con qualunque cosa lo faccia infuriare, non ne ho la più pallida idea.»

Donovan guardò lungo il marciapiede mentre John scompariva dalla vista svoltando in una delle traverse.

«So che è uno stregone, ma non mi sembra che ci sia con la testa. Sai cosa intendo?»

«Oh, direi di sì. È un po' fuori fase» commentò Donovan.

Quando alzai di nuovo lo sguardo su Donovan, divenni acutamente consapevole di dove la sua mano si era posata, proprio tra le mie scapole, quando si era fermato al mio fianco. Il calore del suo palmo filtrava attraverso il mio giaccone invernale. Il mio stomaco ebbe quel buffo sfarfallio che aveva ogni volta che diventavo troppo consapevole di lui.

Sembrava che nell'aria rimbalzassero delle scintille, un'elettricità che luccicava intorno a noi. Donovan rimase in silenzio per qualche istante. Cercai di inspirare un po' d'aria, ma il mio polso correva all'impazzata, e tutto ciò che riuscii a fare fu un respiro superficiale.

Abbassando il capo, Donovan sfiorò le mie labbra con le sue. Il sottile contatto mandò una scossa di calore dritta attraverso il mio corpo. Quando si ritrasse, i suoi occhi brillarono sotto la luce dei lampioni. «Mi piaci, Juliette» disse, con la voce bassa nell'aria gelida.

Una folata di vento soffiò lungo la strada in quel momento, facendomi rabbrividire. «So che andrai alla riunione cittadina, ma immagino che non potremmo anche cenare fuori di nuovo presto?» chiese.

Sentii la mia testa annuire prima ancora di rendermi conto che gli stavo già rispondendo. Donovan mi piaceva. Parecchio.

«Eccellente. Fa freddo, e devi salire in macchina e andare a casa» disse con un lento sorriso, facendo volteggiare di nuovo quelle farfalle nel mio stomaco. «Che ne dici se ceniamo tardi domani sera, dopo la riunione cittadina?»

«Mi piacerebbe.»

Il suo sorriso si allargò mentre eravamo lì. Un'altra folata di vento mi scompigliò i capelli. Si sporse oltre di me per aprirmi la portiera del lato del guidatore, e l'aria calda fuoriuscì avvolgendomi. Salii in fretta, guardandolo attraversare la strada camminando all'indietro.

«Buonanotte, Juliette», mi disse ad alta voce, un attimo prima che chiudessi lo sportello, più che sollevata di avere l'avviamento a distanza. Avevo avuto l'accortezza di accendere la macchina prima ancora di uscire dal bar. Una volta chiuso lo sportello, il tepore mi avvolse. Il leggero ronzio del riscaldamento e l'aria calda che ne usciva alleviarono i brividi che mi percorrevano la schiena.

Mentre guidavo verso casa, ripensai al commento di Donovan sul fatto che John Corey sembrasse un po' strano. Onestamente, non lo conoscevo abbastanza bene da avere un'opinione, ma *sembrava* decisamente strano. Non potei fare a meno di pensare anche a quel desiderio che avevo espresso nella fontana la sera in cui ero tornata a Charm Cove.

D'un tratto mi resi conto di non aver sentito parlare di altri episodi di desideri espressi e avveratisi all'istante. Inoltre, non mi ero nemmeno più avvicinata alla fontana da quel giorno in cui avevo visto esprimere ed esaudire quasi all'istante quei due desideri.

CAPITOLO DIECI

«La riunione del Consiglio Comunale di Charm Cove è ufficialmente aperta», annunciò Beatrice Powers, in piedi di fronte alla sala gremita del municipio.

Poiché il brusio della conversazione non accennava a diminuire, Beatrice sollevò il piccolo martelletto posato sul tavolo di fronte a lei e lo batté leggermente. «Silenzio, per favore. Abbiamo molto da discutere stasera, quindi cominciamo.»

Nonostante Beatrice fosse di corporatura minuta, la sua presenza era imponente. Con un altro colpo secco del martelletto sul tavolo, i mormorii si placarono. Dopo un istante, Beatrice lanciò un'occhiata ad Anna Goodness, che, oltre al suo lavoro di receptionist e centralinista per la polizia di Charm Cove, era anche la verbalizzatrice della città. Trascriveva lei tutte le riunioni importanti.

«Siamo pronti per iniziare, Anna?» chiese Beatrice con cortesia.

Al cenno di assenso di Anna, Beatrice guardò gli altri membri del Consiglio Comunale di Charm Cove, seduti al tavolo di fronte alla sala. Beatrice era la presidentessa; il resto del consiglio era un misto di streghe e stregoni, proprietari di attività commerciali, membri di organizzazioni no profit e simili. C'erano elezioni ogni tre anni e di solito erano piuttosto competitive. Essendo Charm Cove un'affollata meta turistica, le decisioni della città avevano un peso economico non indifferente. Beatrice aggirò il tavolo e si sedette.

Donovan, seduto accanto a me, si chinò per sussurrarmi all'orecchio: «Queste riunioni sono sempre così affollate?»

Moira, che era seduta dall'altro mio lato, rise piano. «Non sempre c'è tutta questa gente, ma si può dire che di solito sono molto partecipate», disse a bassa voce.

La segretaria lesse l'elenco degli argomenti della serata. «Per prima cosa, affronteremo le questioni di bilancio. La biblioteca richiede un'aggiunta al budget per acquistare l'edificio adiacente a quello in cui si trova attualmente, al fine di ampliare lo spazio. Discuteremo il problema del contratto stradale e forniremo anche un aggiornamento sull'albero della città.»

Quasi subito si alzò una mano tra il pubblico. Beatrice rivolse il suo sguardo penetrante alla donna con la mano alzata. «Sì?»

In sottofondo, si sentiva il ticchettio delle dita di Anna che volavano sulla tastiera mentre trascriveva la riunione.

La donna, un'anziana che mi pareva di riconoscere come la proprietaria di un bed and breakfast locale, disse: «Sappiamo tutti che la maggior parte di noi è qui per il problema delle strade. C'è modo di discuterne per primo?»

«Capisco che vorrebbe affrontare prima quell'argomento. Tuttavia, il regolamento ci impone di trattare i punti nell'ordine in cui sono stati assegnati. Inoltre, anche se potessimo riorganizzare l'ordine del giorno, temo che quell'argomento monopolizzerebbe l'intera riunione. Non ci vorrà molto a discutere gli altri punti», spiegò Beatrice.

Ci furono alcuni mormorii di scontento tra il pubblico, ma nessun altro contestò la sua decisione. Mentre iniziavano a discutere del bilancio, lasciai che i miei occhi vagassero tra i presenti. C'erano molti volti familiari. Mio padre aveva deciso di non venire e nessun altro della mia famiglia ristretta era presente. Mia zia Lea e mio zio Jacob erano seduti nella fila davanti a noi. C'era anche Opal, con mio zio Theo al suo fianco.

Chinandomi verso Moira, chiesi: «Allora Liam ha deciso di non venire, eh?»

«Oh, sì», disse, mantenendo il tono basso. «Abbiamo immaginato che questa discussione sulle strade si sarebbe scaldata. Il commissario stradale della città è il nipote di Tom Lewis. Pensa che il contratto debba essere assegnato esclusivamente a tuo padre. Glielo ha persino accennato alla riunione della settimana scorsa. Liam ritiene sia meglio che se ne stiano fuori dalla discussione e lascino decidere al consiglio. John Corey è da anni che fa un sacco di storie per questo contratto.»

Donovan, intrappolato tra di noi, intervenne: «Be', mi sembra che lui lo veda come un modo per intascarsi i soldi senza spenderli per la manutenzione vera e propria delle strade. Non fraintendetemi, non ho un termine di paragone come voi che avete vissuto qui da sempre. Ma di inverni ne abbiamo parecchi anche nello stato di New York, quindi un'idea della manutenzione stradale ce l'ho. Per me è chiaro che sta lesinando sulla sabbia e sul sale e aspetta troppo a lungo prima di mandare gli spazzaneve durante le tempeste.»

«Sono d'accordo», disse Lea, guardando oltre la spalla.

Trattenni un sorriso. Lea non era mai una che si teneva fuori da una conversazione. Mi fece l'occhiolino quando incrociò il mio sguardo. Sebbene sia lei che Opal fossero mie zie, si erano entrambe sposate entrando a far parte della famiglia. Opal aveva un'aria più pungente, mentre Lea preferiva gonne ampie e camicette fluenti con grappoli di braccialetti ai polsi. I suoi capelli, per lo più argentati, oggi erano sciolti.

Ci girammo tutti in avanti non appena Beatrice annunciò che era il momento di passare alla discussione sulle strade. «Bene», disse, posando il suo sguardo severo sulla stanza affollata. «Il consiglio è consapevole che molti residenti hanno delle opinioni sulla manutenzione stradale invernale di quest'anno.»

Tra il pubblico si alzò di nuovo una mano, questa volta appartenente a un uomo anziano. Aveva i capelli grigi tutti arruffati. «Sì?» disse Beatrice.

«Certo che abbiamo delle opinioni! Sono le nostre tasse e ci aspettiamo che le strade siano tenute come si deve. Dato che ha detto che il consiglio è al corrente, forse potrebbe farci sapere quante telefonate di protesta avete ricevuto?»

L'uomo si sedette rapidamente e Beatrice lanciò un'occhiata alla segretaria del consiglio. La segretaria cliccò sul portatile accanto a lei, sporgendosi in avanti per guardare lo schermo. Alzando lo sguardo, disse: «Solo nell'ultima settimana abbiamo ricevuto trecento chiamate. Da novembre, il numero totale di chiamate ha quasi raggiunto le mille».

Un'altra mano si alzò di scatto, quella della madre di Zoe Levesque, Betsy Baker. A un cenno di Beatrice, Betsy si alzò. «Beh, sono certamente un sacco di telefonate. Credo di voler solo dire che possiamo mantenere questa conversazione civile. Opinioni a parte, abbiamo solo bisogno che le nostre strade siano mantenute e che le nostre tasse siano spese in modo appropriato.

«Penso che sarebbe anche utile scoprire se la Polizia di Charm Cove possa fornirci i dati sulla media dei tamponamenti durante i mesi invernali. Personalmente ne ho avuti due nella zona del centro coperta dal nuovo appaltatore. Sono i primi due tamponamenti che ho avuto in oltre trent'anni. So come si guida in inverno, ma il ghiaccio è difficile da affrontare. Grazie», disse, avendo chiaramente detto la sua.

Betsy era una strega molto conosciuta a Charm Cove. Era piuttosto potente, ma anche molto affabile. Il fatto che fosse turbata... beh, diceva tutto.

«Sa, non abbiamo pensato di invitare Daniel Levesque qui per fornire quell'informazione, ma possiamo certamente trovarla e inviarla via e-mail a chiunque sia iscritto alla mailing list del consiglio», rispose Beatrice.

Si alzò un'altra mano e un uomo si alzò rapidamente. La famiglia di Zachary Ouellette possedeva diverse attività a Charm Cove. Non erano una famiglia di streghe, sebbene fossero amichevoli e facessero parte della comunità da secoli.

Zachary si guardò intorno tra il pubblico prima di rivolgersi al consiglio. «Penso solo che dobbiamo venire al sodo. Restituite l'intero appalto alla famiglia Good. L'hanno gestito bene per anni e non ci sono mai state lamentele. Non ho tempo di preoccuparmi dello stato delle nostre strade. Ho un'impresa da mandare avanti».

Mentre Beatrice annuiva, John Corey si alzò di scatto, il suo sguardo minaccioso che vagava per la stanza e si soffermava su Opal, Lea e me, gli unici membri della famiglia Good tra il pubblico. Beh, suppongo che ora ci fosse anche Moira, dato che era sposata con Liam.

«Mamma mia, sembra arrabbiato», mormorò Moira a bassa voce.

«È un po' fuori di testa», commentò Donovan. «Le hai raccontato che ti ha avvicinata ieri sera per strada?»

Moira si chinò, guardandomi. «Di che cosa sta parlando?», sussurrò.

«Proprio di quello. Ieri sera stavo uscendo da Spiriti Incantati e mi si è avvicinato sul marciapiede, tutto incavolato, e mi ha afferrato per un gomito».

«State zitte, voglio ascoltare», disse Opal, appoggiandosi allo schienale della sedia.

«Questa è una cospirazione», disse John. «È perfettamente giusto che ci sia una sana competizione per gli appalti cittadini».

«Non si tratta di competizione», gridò una voce dal pubblico. «Si tratta di usare i soldi delle nostre tasse per occuparsi davvero delle strade».

Intervenne un'altra voce: «E non di intascare i fondi dell'appalto per gonfiare i propri margini e tenersi i soldi».

John borbottò qualcosa a mezza voce, si girò e uscì a grandi passi dalla stanza, con l'eco dei suoi passi che risuonava sul pavimento di legno.

La discussione sulla situazione delle strade continuò sulla stessa falsariga. Alla fine dei conti, il consiglio comunale esaminò i regolamenti della città e concluse che doveva mantenere l'appalto così com'era. Sotto lo sguardo della città, votarono per un budget extra per le strade e ordinarono all'azienda di gestione di mio padre di prendere il controllo.

«Questo non farà che innervosire John», sussurrai.

«Forse sì, forse no», rispose Donovan. «Si intasca i soldi, e forse è tutto quello che vuole, dopotutto».

«Esatto», disse Lea, guardandosi di nuovo alle spalle.

«E l'ultimo argomento della serata è l'aggiornamento più recente sull'albero che ha preso fuoco nel parco cittadino», annunciò la segretaria.

«Oh, cavolo. Speravo che non ci sarebbe stato più tempo per questo», dissi, reprimendo un sospiro.

Donovan mi guardò, con le labbra che si piegavano in un leggero sorriso. «Tu non c'entri niente. Non preoccuparti».

«Sappiamo già chi è stato?», chiese qualcuno dal pubblico.

Beatrice scosse la testa. «Ancora no. La polizia sta indagando su quello che è successo e speriamo di poter avere presto una risposta. Volevamo comunicare che, dopo aver parlato con un arboricoltore, crediamo che l'albero si riprenderà completamente. Stiamo assumendo qualcuno che venga a fare dei lavori per potare i rami bruciati e vedere cosa possiamo fare per facilitare la nuova crescita il più rapidamente possibile.

«Dato che è un sempreverde, non dobbiamo aspettare la primavera. Potete stare tutti tranquilli che l'amato abete della città tornerà alla normalità entro primavera. E con questo, il tempo a nostra disposizione è scaduto. Vi prego di ricordare che se desiderate che trattiamo un argomento per il prossimo mese, tutto ciò che dovete fare è inviare un'e-mail o passare in municipio e compilare il modulo», disse Beatrice.

Dopo che la riunione fu aggiornata, guardai Moira. «Liam ha avuto fortuna con l'albero?»

«Oh sì! Non abbiamo avuto modo di dirtelo. Può assolutamente ripristinarlo. Ha risposto bene al suo incantesimo. Lo farà gradualmente».

«Piano intelligente», commentò Opal mentre si girava a guardarci. Il suo sguardo acuto si posò su Donovan e inclinò leggermente la testa. «Donovan Wick. Non ti vedevo da quando eri un ragazzino. Opal Good, se non ti ricordi di me».

Donovan sorrise con disinvoltura. «Mi ricordo di Lei, Opal. Se non erro, era amica di mia nonna».

«La sua memoria non l'inganna. È bello riaverti in città, anche se entrambi i tuoi nonni ci mancano di certo», rispose lei.

Quando i presenti cominciarono ad alzarsi, facemmo altrettanto, uscendo insieme al resto della folla. Io e Donovan dovevamo andare a cena fuori e speravo che ci sarebbe stato un modo per congedarmi con eleganza.

Moira si fermò accanto a noi sul marciapiede. «Volete venire a cena da noi?»

Donovan si era fermato per usare il bagno mentre usciva dal municipio. Guardandola, sentii le guance accaldarsi leggermente. «Veramente, ceno con Donovan».

«Oh», disse lei lentamente. «Davvero?»

«Sì», dissi, con un sorriso che mi tirava gli angoli delle labbra. «Mi piace. Abbiamo cenato insieme qualche sera fa. Per favore, di' a Liam di mantenere un basso profilo. È solo una cena».

Moira rise piano. «Grazie per non avermi chiesto di non dirlo a Liam. Lo conosci, è più sensibile della maggior parte delle persone alle pressioni della famiglia».

«Oh, lo so, lo so. Non che io pensi che mi farebbe pressione. È solo che mi piace prendere le cose con calma.»

Alzando lo sguardo, vidi Donovan scendere le scale del municipio. Quando si fermò accanto a noi, Moira non perse tempo a tradirmi. «So che voi due cenate insieme stasera, ma che ne dite di venire da noi questo fine settimana per una pizza e una birra?»

Donovan mi lanciò un'occhiata, con una domanda negli occhi. «A me piacerebbe molto, ma dipende totalmente da te.»

«Per me va benissimo, se a te va.»

«Mi sembra un'ottima idea», disse lui con disinvoltura.

Moira sorrise raggiante, salutandoci entrambi con un cenno della mano mentre si girava per andare verso la sua macchina. «Allora sabato sera. Facciamo per le sei?»

«Perfetto», le gridai dietro mentre si allontanava.

Una volta che fu fuori portata d'orecchio, Donovan abbassò lo sguardo su di me e sentii di nuovo le farfalle nello stomaco. Svolazzavano dappertutto e le mie guance avvamparono nell'aria fredda dell'inverno.

«Dove hai parcheggiato?», mi chiese.

«In fondo alla strada», risposi, indicando in direzione della mia auto. «Non c'erano posti qui vicino, visto quanto era affollata la riunione di stasera.»

Donovan ridacchiò. «Io ho parcheggiato proprio dietro l'angolo. Perché non guido io e ti lascio alla tua macchina dopo cena?»

Ore dopo, mi premetti le dita sulle labbra dopo essere salita in macchina. Il formicolio del bacio di Donovan rimase con me per tutto il tragitto verso casa.

CAPITOLO UNDICI

«Ohh», dissi lentamente. «Quindi pensa che forse siano stati quei ragazzini?»

Beatrice annuì. «Ritengo certamente che sia una forte possibilità. Grazie al fatto che Lei ha pensato di verificare con Isobel, Daniel è riuscito a fare dei controlli su di loro. Uno dei ragazzi, Timmy Rogers, non è altro che una fonte di guai. Ha già avuto qualche problema con la legge.»

«Ha parlato direttamente con Daniel a riguardo?» chiesi.

Beatrice scosse la testa proprio mentre una raffica di vento soffiava sul prato comunale. Mi strinsi di più nella giacca e misi le mani in tasca, rabbrividendo nell'aria fredda del mattino.

Opal mi aveva chiesto di passare da Beauty Bewitched quella mattina per sostituirla per un po'. Se avessimo avuto tempo, voleva anche discutere della contabilità. Sembrava che sarei riuscita a prendere in carico la contabilità di tutte le varie attività della mia famiglia. Considerando che, dopotutto, era la materia in cui mi ero laureata, ero contenta che le cose sembrassero andare per il verso giusto.

Dopo aver preso un caffè da Magic Beans, avevo incontrato Beatrice durante la sua solita camminata veloce. Si strinse la sciarpa di pile attorno al collo, rispondendo: «Non ancora. Ma ovviamente Isobel mi ha messo al corrente. Volevo solo che sapesse che non deve continuare a preoccuparsi di poter essere ritenuta in qualche modo accidentalmente responsabile per quell'incendio.»

«Non ero così preoccupata, anche se non mi piace mai essere oggetto di pettegolezzi. Mi dispiaceva solo per l'albero.»

«Oh, e se non l'ha sentito, abbiamo un piano eccellente per risolvere la questione. Un mio amico di Portland, che è un mago e un arboricoltore, verrà a trovarci. Si incontrerà con Liam per discutere il modo migliore per riportare gradualmente l'albero al suo splendore.»

«Che fortuna. Sapevo che Liam avrebbe potuto riparare l'albero, ma sono sicura che apprezzerà il parere di un arboricoltore. Comodo che sia anche un mago.»

Un grande svantaggio della magia nel mondo moderno era la sua gestione. Charm Cove aveva avuto un po' troppi incidenti di alto profilo negli ultimi anni, in particolare l'episodio delle margherite, quando l'intera città era stata ricoperta di margherite per un stupido incantesimo andato storto. I notiziari nazionali erano un po' troppo per noi.

«Sono solo contenta che tutto si risolverà. Anche se nessuno si è fatto male, quell'albero è sacro», aggiunsi.

Beatrice ridacchiò. «Non so se 'sacro' sia la parola che userei. Amato, forse?»

Sorrisi. «Ok, un albero amato.»

Qualche fiocco di neve volteggiò nel cielo. «Si gela, Beatrice. Finisca la Sua passeggiata, io vado a mettermi al caldo.»

Beatrice sorrise. «Lo farò, cara. È sempre un piacere vederLa, Juliette.» Con un cenno della mano, riprese a camminare, accelerando rapidamente il passo.

Con una mano che stringeva forte la tazza di caffè, attraversai in fretta il prato, alzando lo sguardo quando raggiunsi la fontana. C'era un'altra coppia in piedi di fronte a essa. Questa coppia era del posto, ma non erano una strega o un mago. Erano Allison Stanton e Jonathon Green. Ero andata al liceo con entrambi.

Allison lanciò un gridolino quando Jonathon si chinò e le disse qualcosa all'orecchio. Di solito non ero così ficcanaso, ma mi fermai perché erano vicino alla fontana e la curiosità mi spinse a farlo.

«Sì! Sì!» esclamò lei, gettandogli le braccia al collo. Lui la prese in un abbraccio, riaccompagnandola a terra dopo un attimo mentre lei lo ricopriva di baci sul viso.

Jonathon sembrò leggermente sbalordito mentre guardava nella mia direzione. Sorrisi. «Buongiorno. Stavo solo passando di qui.»

Allison si voltò verso di me, semplicemente radiosa. «Jonathon mi ha appena chiesto di sposarlo. Pensavo che non sarebbe mai successo.»

Gli occhi di Jonathon saettarono da me a lei e di nuovo a me. Sembrava ancora piuttosto spaesato. «Credo di averlo fatto.»

«È la cosa più strana, Juliette. Avevo *appena* espresso un desiderio nella fontana e poi, boom, lui l'ha esaudito», spiegò Allison mentre intrecciava la sua mano al braccio di lui.

Oh, cielo.

Avevo sperato che la situazione della fontana fosse solo una strana coincidenza.

«Beh, allora congratulazioni. Sono così felice per entrambi», riuscii a dire, ignorando l'ansia che mi si agitava dentro. Non ero ansiosa perché si erano fidanzati, ma perché temevo che in qualche modo la mia presenza fosse parte della realizzazione di questi desideri.

Allison sorrise di nuovo, raggiante. «Grazie mille!»

Un'altra folata di vento soffiò sul prato e la neve cominciò a cadere un po' più fitta. «State al caldo e buona giornata. Congratulazioni ancora», dissi allontanandomi e proseguendo verso il negozio.

Attraversando in fretta la strada, tirai un sospiro di sollievo quando aprii la porta di Beauty Bewitched. Il vento freddo e pungente e qualche fiocco di neve entrarono con me. Alzando lo sguardo, diedi una piccola scrollata alla giacca mentre aprivo la cerniera e srotolavo la sciarpa dal collo.

Il negozio era silenzioso, così mi diressi verso il bancone. «Opal», chiamai, sbirciando oltre la mezza porta che conduceva al magazzino sul retro.

«Ciao, Juliette», rispose lei, facendo capolino da dietro una pila di scatole nell'angolo. «Vieni pure dietro se vuoi appendere la giacca.» Indicò una fila di ganci sul muro vicino alla porta che dava sull'area di parcheggio esterna.

Spingendo la porta a vento, appoggiai il caffè su uno scaffale vicino mentre mi sfilavo la giacca e la appendevo ai ganci vicino alla porta. Fermandomi accanto a Opal, esaminai le etichette sulle scatole. «Inventario?»

Opal alzò lo sguardo dalla cartellina che teneva in mano e abbozzò un piccolo sorriso. «Certo. So che non vieni qui da un po', ma se potessi dare una mano mentre mi sostituisci, sarebbe fantastico. Tutto ciò che devi fare è assicurarti che il contenuto delle scatole corrisponda a quello che c'è su questa lista» spiegò, sollevando rapidamente i fogli sulla cartellina e sfogliandoli. «Puoi portare una scatola alla volta di là, nel negozio.»

«Certo» risposi. «Con quale dovrei iniziare?»

Opal picchiettò con la penna sulla scatola in cima alla pila. La sollevai e la portai nel negozio, spingendo la porta con la spalla e facendo scivolare la scatola sul bancone. Opal mi seguì con un'altra, che posò per terra contro il muro dietro al bancone.

Raddrizzandosi, mi sorrise. «Non preoccuparti, non cercherò di convincerti a lavorare qui a tempo pieno. Cercherò, però, di convincerti a occuparti della contabilità del negozio per me. Ho sentito da tua madre che stanno cercando di persuaderti ad aiutarli con l'azienda di famiglia. Ti sei specializzata in contabilità, giusto?»

«Esattamente. Sarei felice di aiutare con la contabilità qui. Sono un po' indecisa sull'idea di prenderla in gestione per i miei genitori, perché sono i miei genitori, ma propendo per quella direzione.»

Opal ridacchiò, alzando una mano per lisciarsi lo chignon stretto. «Certo. Beh,» disse, dando un'occhiata all'orologio. «Ho la visita dal medico tra quindici minuti, quindi devo andare.»

Fece per tornare nel retrobottega. «Opal?»

Si voltò indietro, inarcando un sopracciglio scuro. «Sì, cara?»

«Devo preoccuparmi per la tua salute?»

«Oh, cielo, no. È solo il mio controllo annuale. So che dopo lo spavento di Lea due anni fa siamo tutti un po' inclini a preoccuparci» disse, riferendosi alla lotta di Lea contro il cancro al seno. Era stata dichiarata guarita e ultimamente sembrava sana come un pesce.

Una tensione che non mi ero resa conto di avere si allentò leggermente. «Oh, bene. Non volevo preoccuparmi o essere indiscreta, ma l'ho fatto comunque.»

Opal si sporse e mi diede un pizzicotto sulla guancia. «Puoi essere indiscreta, cara. Oggi non avrò tempo perché sarò impegnata con il negozio una volta tornata, ma se potessimo fissare un appuntamento per vederci una sera, posso mostrarti tutto per la contabilità. Possiamo iniziare a mettere tutto in ordine. Pagherò qualsiasi tariffa oraria tu applichi, quindi non preoccuparti neanche di quello.»

Avevo sperato di avere un minuto per chiedere a Opal cosa pensasse della fontana, ma avrei rimandato a più tardi. Ero immersa nel controllo incrociato della spedizione con i fogli dell'inventario quando Lea entrò nel negozio a grandi passi.

«Sapevo che ti avrei trovata qui» disse, fermandosi davanti al bancone.

Guardandola, sorrisi. «Buongiorno, Lea. Opal deve averti detto che sarei stata qui stamattina.»

Lea alzò la mano per sistemare la bacchetta rosso vivo infilzata nello chignon in cima alla sua testa. Le bacchette erano uno dei suoi metodi preferiti per tenere i capelli a posto. Quando ero piccola, le prendevo in prestito perché pensavo fosse divertente. Lea, essendo di buon cuore e con un grande senso dell'umorismo, si limitava a ridere ogni volta che lo facevo. Sembrava avere una scorta infinita di bacchette, anche se, per quanto ne sapessi, non le usava mai per mangiare.

«Volevo solo passare a salutarti. Non ho potuto fare a meno di notare che tu e Donovan ve ne siete andati insieme dopo l'assemblea cittadina.»

Lea non era tipo da perdere tempo e andava sempre dritta al sodo, qualunque fosse l'argomento. In questo caso, si trattava delle sue speculazioni su me e Donovan, o almeno così presumevo.

Le mie labbra si tesero in un sorriso e mi morsi l'interno delle guance per non scoppiare a ridere. Anche se non sempre apprezzavo l'invadenza della mia famiglia, era comunque divertente. Incrociando gli acuti occhi blu di Lea, feci spallucce. «Beh, sì. Abbiamo cenato insieme. Tutto qui» spiegai. «Non devi preoccuparti della mia vita sentimentale. Non è che ci sia un matrimonio predestinato per me.»

Lo sguardo di Lea si addolcì mentre ridacchiava. «Solo perché non c'è un incantesimo lanciato sul tuo matrimonio non significa che non sarò ficcanaso.»

Stavolta non provai nemmeno a trattenere la risata, scuotendo la testa. «Certo.» Potevo anche tollerare la tendenza della mia famiglia a ficcare il naso e, a essere onesta, la condividevo, ma c'era un limite a tutto.

«Beh, Donovan sembra un brav'uomo» suggerì Lea con un cenno di approvazione.

«Lo è» risposi, mantenendo un tono disinvolto.

«Ed è anche molto affascinante, se posso dirlo.»

Sogghignando, cambiai argomento. «Ok, basta con la mia vita amorosa. Mi servirebbe un'opinione.»

«Riguardo a cosa, cara?» chiese Lea mentre sollevava una boccetta di lozione dalla scatola su cui stavo lavorando e la ispezionava.

«Sono sicura che qualcuno ti avrà accennato a quello che è successo la notte in cui ho espresso un desiderio nella fontana. Ho visto un barlume dorato nell'acqua, come elettricità, dopo che la monetina è caduta sul fondo» cominciai.

Al cenno di Lea, del tutto prevedibile perché la mia famiglia era fatta così — tutti dicevano tutto a tutti — continuai.

«Beh, dopo quella notte, un giorno stavo attraversando il parco e ci sono stati due episodi alla fontana. Una donna ha desiderato che il suo ragazzo le chiedesse di sposarlo, e lui l'ha fatto. Pochi minuti dopo, una bambina ha desiderato di andare al negozio di caramelle d'acero e suo padre ha proposto di fare proprio quello. Per quel desiderio, ero lì vicino e ho visto lo stesso piccolo barlume dorato nell'acqua. Sono abbastanza sicura che l'abbia visto anche la madre. Proprio stamattina, ho incontrato due persone con cui andavo al liceo che si sono fidanzate. Allison ha detto che era quello che aveva desiderato, e il suo ragazzo sembrava completamente assente. In tutti questi casi, non credo che nessuna delle persone coinvolte fosse una strega o uno stregone. Se i desideri espressi a quella fontana si fossero sempre avverati, so che ne avremmo sentito parlare. C'è quella vecchia leggenda, ma dovrebbe valere solo per streghe e stregoni. Cosa sta succedendo? Non posso fare a meno di essere preoccupata.»

Lea fece rotolare distrattamente la boccetta di lozione avanti e indietro tra i palmi delle mani. «Di certo non ho sentito altre storie di desideri che si avverano. Tua madre mi ha informata dei primi due che hai menzionato quando l'ho incontrata per un caffè. La mia ipotesi migliore è che quando hai espresso il tuo desiderio la notte dell'incendio, hai innescato qualcosa nella fontana. Devi parlare con tua madre della storia di quella fontana. So che sei preoccupata, ma tra i vari tipi di magia, questa è di quelle divertenti.»

«Finché nessuno desidera che accada qualcosa di brutto.»

Lea strinse le labbra, tamburellando con le dita sul bancone. «Vero. In effetti, in tutti gli anni in cui so della presunta magia di quella fontana, non ho mai sentito di un desiderio malvagio che si sia avverato. Comunque sia, direi che dovresti evitare quella fontana e parlare con tua madre. Se si è scatenato qualcosa, sono sicura che riuscirà a scovare quello che dobbiamo fare per annullarlo.»

CAPITOLO DODICI

«Allora, cosa hai scoperto?» domandai, sporgendomi in avanti per prendere la mia tazza di tè sul tavolo della cucina.

Era tardi e mio padre era già salito di sopra a leggere. Io e mia madre avevamo preso l'abitudine di bere un tè insieme prima di andare a letto. Eravamo accomodate al tavolo della cucina, con la stufa a legna nell'angolo in fondo che manteneva la stanza calda e accogliente, mentre fuori il vento ululava e la neve batteva contro le finestre.

«Sono proprio contenta che tu me l'abbia chiesto. Ho scoperto un paio di cose interessanti. La strega che ha lanciato l'incantesimo dei desideri sulla fontana era una tua pro-pro-prozia, Emeline Good. Sua madre era una delle due streghe che lanciarono l'avvertimento su ciò che stava per accadere a Salem» esordì mia madre.

Si riferiva agli eventi che avevano spinto le famiglie Wicked e Good su per la costa del Maine. Le nostre famiglie si erano stabilite originariamente a Salem, nel Massachusetts, arrivando da varie parti d'Europa. Ce n'eravamo andati da Salem poco prima che scoppiasse l'isteria sulle streghe di quel tempo, unicamente grazie all'avvertimento di due streghe che avevano previsto il pericolo imminente.

Il lungo viaggio fino a metà della costa del Maine portò alla fine alla fondazione della cittadina di Charm Cove. Ancora oggi vi erano molte streghe e stregoni, dopo che altre famiglie avevano trovato rifugio qui nel corso dei secoli, tutte in cerca di un luogo sicuro.

Mia madre si interruppe per sorseggiare il suo tè, con gli occhi che le brillavano. La storia la entusiasmava parecchio. «Allora era una Good di nome e di fatto» la presi in giro.

Mia madre sorrise. «Assolutamente sì. Comunque, quando lanciò l'incantesimo, la fontana era ancora un abbeveratoio per cavalli.» Fece una pausa, abbassando lo sguardo sui suoi appunti.

Streghe e stregoni si affidavano a registri cartacei e non usavano archivi online per conservarli. Era considerato decisamente troppo rischioso. Mia madre stessa aveva scritto diversi libri sulla storia delle streghe, nessuno pubblicato ufficialmente, sia chiaro. Inutile dire che non avevamo intenzione di dare in pasto al pubblico la vera storia del soprannaturale.

Impaziente, la spronai a continuare. «A parte la strega che ha lanciato l'incantesimo, hai idea di cosa possa essere successo quella notte?»

«Credo di sì. Anche quella strega aveva poteri elettrici. Sono poteri che scorrono nella nostra famiglia, ma non sono comuni. Sono così difficili da imparare. Come ben sai» aggiunse mia madre, lanciandomi un'occhiata eloquente.

Non avevo bisogno che mia madre mi ricordasse le mie difficoltà nell'imparare a gestire i miei poteri, anche se ero sollevata che avesse lasciato cadere le sue preoccupazioni sul fatto che avessi avuto a che fare con l'incendio dell'albero.

Feci un cenno circolare con la mano in aria, incoraggiandola a proseguire, e mia madre tornò a guardare i suoi appunti. «Giusto, be', era il suo incantesimo, quindi ogni volta che passava vicino alla fontana, c'era un barlume di elettricità nell'acqua. Solo per lei. Una cosa che non ho mai saputo finché non ho fatto delle ricerche è che lì possono avverarsi solo desideri buoni o benigni.»

Finito di sorseggiare il mio tè, commentai: «Che sollievo. Proprio oggi Lea e io ce lo stavamo chiedendo.»

«Oh, decisamente. Non ci avevo pensato molto, ma sarebbe un bel pasticcio se la gente potesse far avverare desideri malvagi» rispose mia madre con una leggera scrollata di spalle. «Comunque, c'è solo un altro caso documentato di un desiderio che si è avverato per qualcuno che non fosse una strega o uno stregone. Due generazioni dopo un'altra strega aveva desiderato un figlio, e si è scoperto che una coppia nelle vicinanze ha avuto un bambino nove mesi dopo. E anche la strega. Immagino che il tuo desiderio avesse qualcosa a che fare con il matrimonio.»

Sentii le guance avvamparmi e alzai gli occhi al cielo. «Il mio desiderio era di incontrare qualcuno che non fosse uno stronzo. Stai dimenticando uno dei desideri, quello della bambina che voleva andare al negozio di caramelle d'acero.»

La fronte di mia madre si corrugò e la preoccupazione le velò lo sguardo mentre mi guardava da parte a parte del tavolo. «Qualcuno ti ha trattata male? Voglio che tu mi dica tutto» disse con fermezza.

Finii il mio tè, stringendomi leggermente nelle spalle. «Oh, mamma. Niente di cui andare fuori di testa. È solo che non sono stata fortunata in amore. L'ultimo ragazzo per cui avevo una cotta si è rivelato un cretino.»

Non avevo alcuna intenzione di raccontarle dell'episodio in cui mi aveva sorpresa ad aggiustare una luce con la magia. Non avevo bisogno di una ramanzina al riguardo. Lezione imparata.

«Oh, tesoro, l'uomo giusto arriverà. E se le mie fonti sono attendibili, potresti averlo già trovato.» A quell'affermazione, le sue labbra si incurvarono in un sorriso sornione.

«Siamo solo usciti a cena, mamma.»

Donovan poteva anche piacermi, ma due appuntamenti a cena non significavano "e vissero per sempre felici e contenti".

Lei sospirò. «Certo.» Con un'altra occhiata ai suoi appunti, aggiunse: «Tornando all'argomento in questione. Credo che qualunque cosa stia succedendo tra te e la fontana sia innocua, data la sua storia.»

«Sarà anche così, ma io la trovo una cosa strana e vorrei annullarla.»

Mia madre sorrise dolcemente. «Non credo che tu possa annullarla.» Dopo un sorso di tè, diede un'altra scorsa ai suoi appunti. «Secondo queste note, comunque, gli effetti svanirono. Immagino che se non gironzoli intorno alla fontana, semplicemente svaniranno da soli. Ho anche cercato quante streghe e stregoni abbiano visto i loro desideri avverarsi nel corso degli anni. È stato piuttosto sporadico. Tutto sommato, direi che l'incantesimo non è particolarmente potente ed è un po' casuale.»

«Sono per lo meno sollevata di sapere che non devo preoccuparmi che si avverino desideri malvagi. È l'ultima cosa di cui abbiamo bisogno.»

Tracciai il bordo della tazza con la punta del dito mentre mia madre chiudeva il suo blocco note e lo posava a lato del tavolo. Un pensiero insistente mi stava tormentando, quindi pensai che tanto valeva tirarlo fuori. «So di essermi messa un po' sulla difensiva quando la prima sera mi hai chiesto se un qualche incantesimo fosse andato storto con i miei poteri, ma sono un po' preoccupata che i miei poteri possano aver scatenato una specie di reazione a catena.»

Mia madre rimase in silenzio per qualche istante e bevve un lento sorso di tè. Nell'istante in cui ebbi posto la domanda, un'ondata di sollievo mi pervase.

«Era proprio quello che mi preoccupava dopo che mi hai parlato di quel luccichio nell'acqua, così ho indagato. Onestamente, non credo sia qualcosa che tu possa aver causato. Eri troppo lontana dall'albero. Per quel che vale, mi fidavo di te. È solo che i poteri elettrici sono così imprevedibili e così potenti.»

«Beh, mi fa piacere sapere che ti fidavi di me. Ma comunque, quali sono le altre possibilità?»

«Data la tua posizione rispetto all'albero, l'unica possibilità sarebbe che qualcun altro con poteri elettrici sia stato in grado di attingere a quella minuscola quantità di elettricità del tuo desiderio nella fontana. Ma per quanto ne sappiamo, i principali sospettati sono quei ragazzi. Nessuno di loro ha poteri elettrici.»

«Cos'altro sappiamo di loro? Non ho saputo molto al riguardo.»

Mia madre si strinse nelle spalle. «Erano certamente presenti sul prato quella notte, e Daniel sta indagando. Onestamente, dei ragazzini che fanno una sciocchezza è la spiegazione più logica. Se non gli hai parlato, sappi che Liam è uscito oggi e ha iniziato a riparare alcuni dei rami. Entro la primavera, l'albero sarà completamente risanato.»

«Meno male.»

«A proposito,» aggiunse mia madre, «grazie per aver partecipato alla riunione cittadina l'altra sera. Visto che non hai mai avuto a che fare con la gestione dei contratti per lo spazzaneve negli anni, eri il membro della famiglia più sicuro che potesse esserci. Ho sentito dire che è stata piuttosto accesa.»

Risi piano. «Oh, sì. È da un po' che non andavo a una di quelle riunioni. Avevo dimenticato quanto potessero essere movimentate.»

Mia madre alzò gli occhi al cielo. «Le riunioni di paese tendono a essere più plateali di quelle delle grandi città. Con tutti quei sentimenti e quelle opinioni che affollano la stanza, la cosa può diventare entusiasmante. Cambiando argomento, Opal mi ha detto che ti ha parlato della possibilità di occuparti della contabilità per Beauty Bewitched.»

«Mamma, non devi fingere che non te ne abbia parlato prima ancora di parlarne a me,» dissi, alzando gli occhi al cielo a mia volta.

Mia madre sospirò, con le labbra che si contraevano in un sorriso. «E va bene. Sì, le ho suggerito io di chiedertelo. Tuo padre e io abbiamo cercato di non essere invadenti e di non farti pressioni su quello che intendi fare. Ci piacerebbe molto se ti occupassi tu della contabilità per l'azienda di tuo padre. Ci hai pensato?»

Dio benedica mia madre. Si sforzava *così tanto* di non fare pressione, e di solito falliva. La realtà era che amavo la contabilità e avevo bisogno di un lavoro.

Appoggiando un gomito al tavolo e il mento sulla mano, annuii. «Sì, ci ho pensato, e mi piacerebbe molto farlo. All'inizio l'idea mi intimidiva, tra gli investimenti e tutte le attività secondarie che gestisce papà, come il contratto per lo spazzaneve. Ero preoccupata che fosse la prima cosa di cui occuparmi. Senza contare che, se faccio quello, non c'è molto altro che posso fare. Posso gestire Beauty Bewitched, ma tecnicamente fa comunque parte delle nostre attività.»

Mia madre sorrise raggiante, battendo piano le mani. «Oh, è semplicemente perfetto! Tuo padre ne sarà entusiasta. E hai ragione, è un sacco di lavoro. Ma non lo farai da sola. Dato che hai già dimestichezza con tutto, sei già avanti nella comprensione della logistica.»

«Sono contenta che tu ne sia così felice,» dissi alla fine. «A proposito di contabilità, Dana ha aiutato a gestire i conti per voi per, cosa? Vent'anni?»

«Quasi, ed è più che pronta ad andare in pensione. Non ti direbbe mai una parola al riguardo, ma ha sperato che tu prendessi il suo posto fin da quando ti sei iscritta a quel programma accelerato per la laurea specialistica.»

«Avresti potuto dirmelo prima, mamma. Non sapevo che fosse pronta ad andare in pensione.»

«Onestamente volevamo che fosse una tua decisione. Sono solo sollevata che questa sia la decisione che hai scelto di prendere,» aggiunse con un altro ampio sorriso.

CAPITOLO TREDICI

«Pensi davvero che quei ragazzi siano riusciti in qualche modo a dare fuoco all'albero?» chiesi.

Daniel, seduto di fronte a me, sfogliò alcune pagine di appunti sulla sua scrivania. Alzando lo sguardo, fece spallucce. «È quello che mi stanno dicendo due di loro».

«Gli credi?»

«Onestamente, Juliette, è difficile dirlo. Indagherò volentieri, ma non seguirò mille piste. Capisco che per voi streghe e stregoni sia tutta una questione di soprannaturale, ma a volte le cose sono solo incidenti».

Il fatto che il capo della polizia di Charm Cove fosse sposato con una strega era piuttosto comodo. Daniel era abbastanza tollerante con noi che ficcavamo il naso nelle sue indagini e paziente con i colpi di scena che la magia poteva riservare.

«Capisco. In effetti ha senso. Sono sollevata di non essere più una sospettata, questo è sicuro».

Daniel posò la penna. «Juliette, ti conosco dalle elementari e sei una delle migliori amiche di Zoe. Non ti ho mai sospettata. È solo che...»

Lo interruppi. «Capisco. Dovevi escludermi».

Daniel annuì con il capo. «Proprio così. Ma tornando al punto.

Seguirò questa pista e chiuderò il caso. Quei ragazzi stavano combinando qualche guaio, e non è la prima volta. Farò qualche altra domanda per avere conferma, ma sembra che stessero giocando con i petardi e abbiano accidentalmente innescato qualcosa. È così semplice».

Annuendo, mi appoggiai allo schienale della sedia. «Va bene, allora. Speriamo che sia finita qui. A proposito di Zoe, il bambino non dovrebbe nascere da un giorno all'altro?»

«Oh, sì. Ci rifiutiamo di fissarci su una data precisa perché Zoe ha detto che la rende nervosa. Potrebbe essere questione di giorni. Io sono pronto. Siamo così emozionati che arrivi» disse Daniel con un sorriso.

«Scommetto di sì. Sai che avete già un sacco di babysitter in fila».

Daniel ridacchiò, proprio mentre il telefono sulla sua scrivania squillava. Lanciando un'occhiata all'apparecchio, commentò: «Devo rispondere. Grazie per essere passata».

Dopo la mia visita alla stazione di polizia, mi diressi lungo Charming Way per andare a trovare Moira. Volevo darle l'aggiornamento di Daniel, ma mi avrebbe fatto bene anche un po' di tempo tra ragazze con qualcuno che non fosse mia madre. Volevo un mondo di bene a mia madre, ma la sua prospettiva sulla mia vita era di parte. Nemmeno la più obiettiva delle madri poteva essere obiettiva riguardo ai propri amati figli.

La stravagante insegna viola di Persnickety Potions & Gifts spiccava contro il cielo grigio invernale. Entrando, assaporai il calore mentre la porta si chiudeva alle mie spalle. Guardandomi intorno, vidi le gemelle indaffarate con i clienti nella parte anteriore del negozio, e Moira occupata alla cassa.

Mi presi un momento per girovagare per il negozio. I famosi braccialetti con ciondoli del negozio erano esposti in una teca di vetro, semplici ma eleganti. I clienti sceglievano i ciondoli da aggiungere ai braccialetti e potevano optare tra varie opzioni come un piccolo libro d'argento, un albero, un uccello, una varietà di animali, simboli musicali e altro ancora. Non sapevano che i braccialetti con ciondoli erano davvero incantati. Incantare oggetti era un incantesimo abbastanza semplice e quasi ogni strega poteva riuscirci.

Mia cugina Celia si fermò al mio fianco. Con i capelli scuri e lucidi, gli occhi azzurri e brillanti e le guance rosee e tonde, era difficile distinguere le gemelle se non le si conosceva. Mentre Delia aveva la magia rosa, quella di Celia era color lavanda, e si vestivano in modo da abbinarsi alla loro magia. A volte era solo un accenno. Quel giorno, gli orecchini pendenti d'argento di Celia avevano dei minuscoli fiocchetti color lavanda.

«Perché non ti prendi un braccialetto con i ciondoli anche tu?» mi stuzzicò.

Alzando lo sguardo, alzai gli occhi al cielo. «Ne ho già uno».

Delia ci passò accanto mentre accompagnava un cliente alla cassa. «Ciao, Juliette. Come va?»

«Tutto bene».

Celia fu richiamata quando il campanello sopra la porta suonò di nuovo, così mi diressi verso un lato del negozio.

«Grazie per essere passati» gridò Moira mentre un gruppo di clienti se ne andava con le borse in mano.

Voltandomi verso la cassa, la salutai con la mano. «Ehilà. Ho pensato di fare un salto».

Approfittando di una pausa dai clienti alla cassa, Moira aggirò il bancone e venne a raggiungermi. «Novità?» chiese subito.

«A dire il vero, sì. Sono appena stata alla stazione di polizia. Non che ne verrà fuori molto, ma Daniel ha detto che due dei ragazzi hanno riferito che stavano giocando con dei petardi».

«Oh» disse Moira, appoggiando una mano sul fianco. «Pensa che sia stato quello a scatenare l'incendio?»

«Sta facendo delle verifiche, ma ha detto che sembra sia stato un incidente. Ha detto che stavano giocando e hanno accidentalmente dato fuoco alle luci dell'albero».

Moira mi scrutò. «Tu non ci credi».

Sospirai. «Non lo so, ma non ho motivo di non crederci».

Celia e Delia salutarono con la mano i clienti che stavano aiutando e si avvicinarono a noi. Moira guardò le gemelle. «Voi ragazze cosa avete sentito?»

«Riguardo all'incendio dell'albero?» chiese Delia.

«Niente, a parte quello che abbiamo sentito da voi» disse Celia in fretta. «Perché lo chiedete a noi?»

«Perché se quei ragazzi c'entrassero qualcosa, immagino che qualcuno avrebbe detto qualcosa a qualcuno a scuola. È difficile tenere segrete cose del genere».

Delia e Celia si scambiarono un'occhiata. «Non abbiamo sentito niente» disse Delia.

Celia arricciò il naso. «Allora non ci credo. Perché Moira ha ragione. Si sarebbe saputo in giro. E poi, Timmy Rogers non sa tenere la bocca chiusa su niente. Se avesse avuto a che fare con quell'incendio, fidatevi, qualcuno ne avrebbe sentito parlare».

«Possiamo sempre ficcanasare un po' a scuola» offrì Delia.

«Immagino che sia scontato, ora che ve l'abbiamo chiesto» commentò Moira con un occhiolino.

Una folata di vento entrò dalla porta mentre un gruppo di clienti entrava. «Vi lascio tornare al lavoro» dissi, facendomi indietro mentre Moira salutava il gruppo e tornava alla cassa.

Uscendo in quella giornata invernale, attraversai la strada verso il parco cittadino. Volevo controllare il lavoro di Liam sull'abete balsamico. Fermandomi di fronte all'albero, alzai lo sguardo. Guardando da vicino, scorsi alcuni rami che aveva già sistemato. Fortunatamente, il tronco principale non era troppo bruciato.

Dopodiché, svoltai nella stradina laterale dove avevo parcheggiato. Con la coda dell'occhio vidi un movimento nel parcheggio municipale. Si trovava tra due vecchi edifici di mattoni e di solito era lì che tenevano i mezzi comunali.

Anche se avrei giurato di aver visto un movimento, quando guardai di nuovo, non c'era nulla. Un pezzo di carta volò sul marciapiede davanti al parcheggio. Mentre lo osservavo, ci fu un lampo argenteo brillante proveniente da dietro uno degli spazzaneve.

Mi bloccai sui miei passi. Sapevo *esattamente* di cosa si trattasse. Qualcuno con poteri elettrici stava lanciando un incantesimo. Un incantesimo piuttosto potente, considerando con quanta chiarezza avevo visto il lampo di elettricità.

Resistetti all'impulso di andare a indagare in quel momento. Non pensai fosse saggio. Sebbene i miei poteri fossero notevoli, lo erano anche quelli di chiunque stesse lanciando quell'incantesimo.

Andai all'angolo dell'edificio e aspettai, con gli occhi fissi sul retro del parcheggio da cui avevo visto provenire l'elettricità. Dopo un lungo istante, ci fu un altro lampo. Vidi esattamente dove andò a finire: nel blocco motore di uno degli spazzaneve. Nei minuti successivi, chiunque fosse, procedette a lanciare incantesimi contro tutti gli spazzaneve della città.

Aspettai che gli incantesimi cessassero e che tornasse il silenzio per qualche istante prima di rimettermi in cammino. Andai nella direzione opposta a quella in cui dovevo andare, perché non volevo passare davanti all'entrata del parcheggio municipale.

Non sapevo con chi parlare per prima. La mia inclinazione era quella di fermarmi di nuovo da Moira, ma quando sbirciai dalle vetrine di Persnickety Potions & Gifts, il negozio era affollato. Attraversai di nuovo il parco, facendo attenzione a non avvicinarmi troppo alla fontana, per timore che qualcuno decidesse all'improvviso di esprimere un desiderio, e mi diressi verso Beauty Bewitched.

Quando aprii la porta, Opal stava finendo con una cliente. «Ora le auguro un buon pomeriggio. Si copra bene. Ho sentito che dovrebbe nevicare ancora stasera», disse lei, mentre la cliente sorrideva e si voltava.

Non appena la porta si chiuse alle spalle della cliente, mi affrettai verso il bancone. «Dimmi quali maghe e stregoni in città hanno poteri elettrici».

Opal inarcò un sopracciglio mentre digitava qualcosa sulla tastiera del registratore di cassa. «Beh, neanche un ciao. Come stai, Juliette?».

«Sto bene. Scusa. Piacere di vederti. Come stai oggi?».

Opal accennò un piccolo sorriso. «Molto bene. Per rispondere alla tua domanda, non ce ne sono molti. Per quanto ne so, ci sei tu, e pochi altri sparsi tra i vari rami della famiglia Good. Non sono molte le famiglie che hanno quel potere specifico. Perché me lo chiedi? E perché hai tanta fretta?».

Feci un respiro profondo, lasciandomelo sfuggire in un soffio. «Stavo passando davanti al parcheggio municipale... sai, quello dove tengono gli spazzaneve, tra quei due vecchi edifici?». Al cenno di Opal, continuai: «Ho visto un incantesimo elettrico provenire da dietro uno degli spazzaneve. Non sono riuscita a vedere chi lo stesse lanciando, ma era diretto dritto al cofano di tutti gli spazzaneve della città. Volevo tornare indietro e vedere chi fosse, ma sono abbastanza sicura che stesse cercando di danneggiare i mezzi. Non ho pensato che avrebbe reagito molto bene vedendomi ficcare il naso».

Una ruga si formò tra le sopracciglia di Opal mentre mi scrutava. «Ti suggerisco di chiamare Daniel subito. Mettilo al corrente, così può andare a controllare cosa sta succedendo. Ti suggerirei anche di parlare con tua madre il prima possibile. Se c'è qualcuno che può scoprire chi altro potrebbe avere quel potere e lo ha tenuto nascosto, quella è lei».

Tirando fuori il telefono dalla borsa, chiamai subito Daniel. Una volta che lo misi al corrente, il suo sospiro mi arrivò attraverso la cornetta. «Vado subito a dare un'occhiata. Immagino che chiunque sia stato se ne sia già andato. Devo stare attento a come documento questa cosa, visto che mi stai dicendo di aver assistito a un incantesimo. Non possiamo mettere questioni di magia nei nostri documenti ufficiali». Sentivo i suoi passi veloci mentre parlava e immaginai che stesse uscendo dalla stazione di polizia.

«Lo so, lo so. Visto quello che ho visto, immagino che avrai le tue prove con il danneggiamento degli spazzaneve».

Mentre parlavo con Daniel, altri clienti entrarono da Beauty Bewitched. Opal mi fece segno di andare nel retro del negozio. Aggirai il bancone e mi precipitai nel magazzino. Finita la telefonata, feci sapere a Opal che sarei uscita dal retro.

La prossima era la conversazione con mia madre, ma avevo intenzione di parlarle di persona. Dopo aver avviato l'auto, controllai il telefono e trovai un messaggio di Donovan.

Ancora liberi per cena stasera?

I miei pollici esitarono sullo schermo, perché volevo davvero cenare con Donovan. Dando un'occhiata all'orologio sul cruscotto, vidi che avevo diverse ore a disposizione. Per quanto volessi risolvere all'istante tutta la faccenda degli incantesimi elettrici, la realtà era che mia madre avrebbe avuto bisogno di tempo per fare ricerche sulla storia dei poteri, Daniel avrebbe fatto le sue indagini, e io avrei aspettato. Scrissi la mia risposta.

Certo.

Fammi sapere dove e quando. Dopo le sei va bene a qualsiasi ora.

CAPITOLO QUATTORDICI

«Ok, fammi capire bene» esordì Donovan. «Pensiamo che qualcun altro abbia segretamente poteri elettrici e che abbia danneggiato tutti gli spazzaneve della città?»

Presi un sorso di vino e annuii. «Già. Direi che riassume abbastanza bene la situazione.»

Moira si sporse in avanti, sollevando un vassoio al centro del tavolo da pranzo. Eravamo a cena a casa sua e di Liam. Dopo che si fu servita, le presi il vassoio e misi un'altra cucchiaiata di salsa di spinaci e carciofi nel mio piatto. Mentre il vassoio faceva il giro del tavolo, Moira chiese: «Tua madre ha idea di chi possa essere?»

«Sta controllando quali famiglie abbiano poteri elettrici. Il fatto è che il potere elettrico non è comune. Per niente. A parte la nostra famiglia, ce ne sono forse una o due in cui si sa che è presente, inclusa una con pochissimi discendenti. Mia madre sta facendo qualche ricerca per vedere se qualche lontano parente sia finito qui.»

Donovan scosse la testa. «È certamente interessante essere di nuovo a Charm Cove. Non riesco neanche a immaginare come faccia Daniel a districarsi in situazioni del genere durante le sue indagini.»

Liam sfoggiò un sorriso dopo aver finito di masticare un boccone.

«Oh, ci è abituato. Il fatto che abbia sposato una strega aiuta, così non pensa che siamo tutti pazzi.»

«Anche Anna Goodness è una strega» aggiunsi, riferendomi alla receptionist principale della stazione di polizia e alla stenografa del tribunale.

«Inizio a sospettare sempre di più che tutto riporti a John Corey.»

Donovan annuì. «Dopo quell'assemblea cittadina, è ovvio che la situazione lo rende piuttosto scontroso. E poi non sembra avere tutte le rotelle a posto, per usare un eufemismo.»

Intervenni io: «Assolutamente no. Non che l'abbia mai conosciuto bene. Ma quella sera sul marciapiede è stato così strano. All'assemblea non sembrava capire bene perché la gente fosse arrabbiata per le strade.»

«Dovremo solo aspettare e vedere. Speriamo che vostra madre riesca a scovare qualcosa che possa aiutare Daniel. Altrimenti, a meno che non ci siano telecamere di sicurezza nel parcheggio comunale, non so se riusciremo a scoprire chi ha lanciato quegli incantesimi elettrici» commentò Moira.

«Oh, conoscete nostra madre» si inserì Liam con un sorriso. «Lo scoverà chi è stato. Anche se le ci vorrà un po'.»

«Qual è esattamente il potere di vostra madre?» chiese Donovan.

«Non dipende tutto dal suo potere, ma quello aiuta. È una genealogista, specializzata in streghe e stregoni. Ha un'infinità di libri, alberi genealogici e così via. Nel suo caso, non si tratta solo di sapere chi è imparentato con chi, ma riesce a tracciare poteri e incantesimi risalendo indietro di generazioni. Possiede la storia scritta e la conserva meticolosamente, ma ha anche la capacità di usare quelle informazioni per vedere nel passato. Non può farlo senza qualcosa che la guidi, ma quando ha una guida, può seguirla per guardare nel passato» spiegai.

Donovan inarcò le sopracciglia. «Ah-ha. Be', è una fortuna che le piaccia la storia.»

Liam ridacchiò. «"Le piaccia" è un eufemismo. Per lei è più un'ossessione.»

La conversazione andò avanti mentre finivamo di cenare, con Liam e Donovan che discutevano dei miglioramenti alla casa di famiglia di Donovan e dei piani dei suoi genitori di trasferirsi di nuovo qui entro l'anno successivo. Quando stavamo uscendo, aveva cominciato a nevicare. Le nubi minacciose di prima stavano ora lasciando cadere la neve a un ritmo costante.

Donovan mi lanciò un'occhiata quando raggiungemmo le nostre auto. «Quanta strada devi fare?» chiese.

«Solo qualche chilometro, e non ti devi preoccupare. Guido negli inverni del Maine da quando ho preso la patente.»

Eravamo in piedi uno accanto all'altra, dietro le nostre macchine. Gli angoli della sua bocca si incurvarono. «Ho completa fiducia nelle tue abilità di guida, ma posso comunque preoccuparmi per il tempo.»

Prima che potessi formulare una risposta, abbassò la testa, sfiorando le mie labbra con le sue e provocandomi un brivido caldo che mi attraversò da capo a piedi. Quando si ritrasse, aggiunse: «Credo che facciamo la stessa strada, quindi spero non ti dispiaccia se ti seguo.»

Sorrisi. «Certo che no. È meglio che andiamo, perché la nevicata si sta intensificando» dissi guardando il cielo. I fiocchi di neve cadevano rapidamente, colpendomi le guance.

Nel giro di pochi minuti mi stavo dirigendo lungo la strada da casa di Moira e Liam. La neve che cadeva oscurava i fari di Donovan dietro di me. Con i miei fari che illuminavano la neve che si accumulava rapidamente davanti, prevedevo che per la mattina ci sarebbero stati almeno trenta centimetri.

Il suono inconfondibile di uno spazzaneve che percorreva la strada giunse da davanti. I fari alti apparvero alla vista insieme al rombo sordo del grosso veicolo. Rallentai con cautela, spostandomi a lato della strada per assicurarmi che lo spazzaneve avesse abbastanza spazio per passare. Confusa, osservai il veicolo fermarsi proprio accanto a me.

Il conducente abbassò il finestrino e riconobbi John Corey. Pensando che forse avesse bisogno di qualcosa, abbassai a mia volta il finestrino, solo per trasalire quando lui alzò la mano. Vidi un'esplosione d'argento sfrecciare dalla punta delle sue dita, diretta verso i rami degli alberi inclinati sulla strada.

Immobilizzata, urlai vedendo un grosso ramo che cadeva. Proprio quando pensavo che si sarebbe schiantato sul tetto della mia macchina, scattò in avanti, atterrando sul cofano e ammaccandolo prima di rotolare di lato. Guardando indietro, vidi Donovan che si dirigeva a grandi passi verso la mia auto, con gli occhi fissi su John.

John lanciò un altro incantesimo verso l'albero. Cadde un altro ramo, che Donovan spostò di nuovo, questa volta quasi all'istante. Il ramo roteò tra gli alberi, schiantandosi al suolo.

Donovan gridò qualcosa nella neve. John diede gas e proseguì.

Sporgendomi dal finestrino aperto, chiesi: «Stai bene?»

Donovan fece qualche passo, fermandosi subito accanto alla mia macchina e chinandosi. Aveva i capelli umidi per la neve che cadeva. «Sto bene. *Tu* stai bene?»

«Grazie a te, sì.»

I suoi occhi percorsero il mio viso prima di annuire. «È stato strano. Non so perché quel tipo ce l'abbia con te, ma è così. Ho già chiamato Daniel. Non so bene cosa possa fare, ma sta arrivando.»

CAPITOLO QUINDICI

«Okay, okay, vacci piano» dissi, facendo il gesto del time-out con le mani.

Celia, che aveva parlato tutto d'un fiato, si fermò e fece un respiro profondo. Delia intervenne. «Quello che Celia stava cercando di spiegare è che Timmy si è messo a flirtare con la ragazza di Brad. E anche se Timmy è un vero e proprio cretino, piace a un sacco di ragazze.»

«Non lo capisco neanch'io» disse Celia dopo aver fatto diversi respiri. «È un tale cretino.»

Delia si strinse nelle spalle, guardando la sorella gemella. «Sì, noi lo sappiamo, ma un sacco di ragazze lo trovano carino. Comunque, non è questo il punto adesso. Siccome Brad era arrabbiato con Timmy, quando Daniel ha iniziato a interrogare tutti ed è diventato chiaro ai ragazzi che sospettava che uno di loro avesse fatto qualcosa, Brad ha mentito.»

«Quindi stai dicendo che ha mentito sul fatto che Timmy avesse fatto qualcosa?» chiese Moira, lanciando un'occhiata sopra la spalla quando il campanello sopra la porta di Pozioni e Regali Persnickety tintinnò.

Lea entrò dalla porta, e con lei una folata di vento gelido. Si scrollò la neve dagli stivali sullo zerbino e si avvicinò al bancone dove ci eravamo radunate.

Delia continuò. «Sì. Esatto. Stavano giocando con dei petardi, ma non era successo niente. Brad ha visto l'opportunità di mettere Timmy nei guai e l'ha colta. Dato che di solito è un bravo ragazzo, ora si sente in colpa.»

Lea, che sembrava aver colto il filo del discorso, scosse la testa. «Adolescenti. Quante storie.»

«Potrebbe anche dispiacermi un po' per lui, ma ha completamente depistato un'indagine della polizia» aggiunse Moira.

«Almeno l'albero sta cominciando a stare meglio» commentai.

«Oh, sì. Dagli ancora qualche settimana e tornerà quasi come nuovo. Ma qualcuno deve parlarne con Daniel» disse Moira.

Lea guardò le figlie. «Dobbiamo parlargli oggi. Siete voi che l'avete scoperto, quindi andiamoci insieme.»

Celia e Delia sembrarono piuttosto contente di questa piega degli eventi. «Adesso?» chiese Celia.

«Quando siete pronte. Voi ragazze andate sul retro a prendere le vostre cose. Ci andremo in macchina. Anche se non è lontano, si gela fuori» disse Lea.

Le gemelle non se lo fecero ripetere due volte e si affrettarono a raggiungere il retrobottega.

Lea guardò me e Moira. «Sembra che Daniel abbia intenzione di arrestare John Corey dopo l'incidente di ieri sera.»

Annuendo, risposi: «Sì. Donovan e io abbiamo aspettato che arrivasse Daniel, ieri sera. Dopo aver preso le nostre deposizioni, è andato a cercare John. Chissà come descriverà Daniel quello che ho visto, quando John ha lanciato un incantesimo elettrico sui rami sopra la mia macchina e poi Donovan li ha spostati con il suo potere.»

Lea si strinse leggermente nelle spalle. «Daniel troverà un modo. Di certo non è la cosa più difficile che ha gestito riguardo a magia e faccende di polizia.»

In quel momento, le gemelle attraversarono di corsa la tenda di perline dietro al bancone, avvolgendosi le sciarpe al collo e abbottonandosi le giacche. Un attimo dopo, ci salutarono con la mano insieme a Lea e uscirono per andare a parlare con Daniel.

Dopo che se ne furono andate, guardai Moira e dissi: «Beh, spero che quel povero ragazzo non si metta in guai troppo seri per questa storia.»

Moira sospirò. «Eh, lo so bene. Dubito che succederà. Sono sicura che Daniel gli farà una ramanzina e la chiuderà lì.»

«Nel frattempo, ci sarà una riunione al faro domani sera. Ci sarai, vero?» chiesi.

«Di certo non posso esimermi dall'esserci» rispose lei con un sorriso. «Mi sono arrivati circa tre promemoria a riguardo, ma nessuno si è preoccupato di dirmi a che ora. Tu per caso non lo sai, vero?»

Lanciando un'occhiata all'orologio, risposi: «Domani sera alle cinque e mezza. Lo so solo perché mia madre mi ha mandato un messaggio.»

«Ci sarà anche Donovan?» Il sorriso che seguì la domanda di Moira era malizioso.

Sentii le guance scaldarmisi leggermente mentre annuivo. «Lo chiamerò per dirglielo. Visto che è stato un testimone chiave quando John ha lanciato quegli incantesimi sui rami dell'albero, probabilmente dovrebbe venire.»

Moira rise. «Gli farà piacere. Quindi, sembra che ti piaccia, eh?»

«Forse sì» risposi evasivamente.

«Beh, io e Liam andiamo a cena al Charm Café questo fine settimana. Pensavo che potremmo fare un'uscita a quattro.»

«Se Donovan può venire, io ci sto.»

———

«Il faro?» chiese Donovan.

«Sì, il faro di Beacon's Charm» dissi al telefono.

«Oh, so come si chiama» rispose Donovan. «Solo, non sapevo che fosse un luogo di incontro.»

«Immagino che tu non possa saperlo. Non l'ho saputo nemmeno io finché non sono diventata più grande. Dato che è di proprietà congiunta della mia famiglia e dei Wicked, ogni volta che le streghe e gli stregoni della città hanno bisogno di una riunione privata, ci incontriamo spesso al faro. Ha così tanti incantesimi di protezione che immagino sia praticamente impossibile per chiunque combinare guai lì» spiegai con una risatina.

Donovan ridacchiò in risposta. «Ha senso. Perché non passo a prenderti?»

«Sei sicuro? Non mi mancano i passaggi se per te è fuori mano.»

Dato che la mia auto era danneggiata dopo che il ramo era atterrato sul cofano, chiedevo passaggi qua e là ogni volta che avevo bisogno di spostarmi.

«Certo che sono sicuro. In più, è una scusa per portarti a cena fuori dopo.»

Le mie guance si scaldarono e sentii un sorriso euforico allargarmi sul viso. Ero sollevata che Donovan non potesse vedermi. Non c'era bisogno che sapesse che avevo una bella cotta per lui.

«Allora va bene. Passo da Beauty Bewitched a dare un'occhiata alla contabilità a fine pomeriggio. Perché non ci vediamo direttamente lì?»

«È su Wicked Way, giusto?»

«Sì, vicino all'angolo con Good Lane.»

«Mi sembra ottimo. Sarò lì per le cinque e un quarto. Va bene?»

«Perfetto. Ci vediamo allora.»

Nell'istante in cui posai il telefono sul tavolo della cucina, sentii la voce di Moira. «Beh, qui qualcuno sta arrossendo» mi prese in giro.

Voltandomi a guardare, la trovai appoggiata al lato dell'arco che dal corridoio portava in cucina. Mi sentii le orecchie calde e sapevo che le mie guance erano rosate. Sorrisi e feci spallucce mentre mi giravo per controllare se il caffè fosse pronto. Mentre aspettavo, aveva chiamato Donovan. È stato allora che gli ho parlato della riunione programmata al faro per stasera.

«Non sapevo fossi qui» dissi senza voltarmi. «Vuoi una tazza di caffè?»

«Un caffè lo prendo volentieri» rispose lei entrando in cucina. «Liam è passato a prendere una cosa da tuo padre. Io mi sono solo accodata perché stamattina mi dà un passaggio al negozio.»

Riempii due tazze di caffè e mi voltai, indicando con un cenno del capo il tavolo della cucina, nascosto nel grande bovindo che dava sul prato dietro la casa dei miei genitori.

«Quanto si fermerà Liam?» chiesi mentre attraversavamo la cucina.

«Abbastanza da permettermi di bere un caffè» rispose Moira con un sorriso.

Ci sedemmo insieme e Moira non perse tempo a soddisfare la sua curiosità. «Allora, immagino che al telefono fosse Donovan.»

Le orecchie mi si scaldarono di nuovo e desiderai di non essere così facile da leggere. Anche se preferivo essere presa in giro da Moira piuttosto che da mia madre. Annuii, fermandomi per un sorso di caffè.

«Ti piace davvero» aggiunse.

Mi morsi il labbro e feci spallucce. «Può darsi. A proposito, non mi ero resa conto di quanto fosse comodo per tutti nelle nostre famiglie preoccuparsi che tu e Liam vi sposaste. Non che qualcuno mi stia facendo pressioni, ma onestamente, a nessuno è mai importato molto con chi uscivo prima. Erano troppo fissati ad assicurarsi che tu e Liam faceste il grande passo.»

Moira rise. «Fidati, dubito che subirai mai pressioni del genere. Anche se tua madre è certamente contenta. Le piace Donovan.» Mi fece un rapido occhiolino prima di fermarsi a sorseggiare il caffè.

«Me ne sono accorta. Piace anche a me. Ma qualche appuntamento a cena è solo questo.»

Moira alzò gli occhi al cielo. «Goditi il lusso di prendertela comoda.»

Dato che il destino di Moira e Liam era quello di sposarsi fin dalla nascita, avevano subito parecchie pressioni. Ero sollevata per entrambi che si amassero davvero. E, ancora meglio, si *piacessero*. «Ad ogni modo, stasera sarai al faro, vero?» chiesi.

«Certo. Mia madre me la farebbe sentire per il resto dei miei giorni se non mi presentassi. Dato che il parcheggio comunale è proprio dietro l'angolo del nostro negozio, vuole che i gemelli gli diano un'occhiata» disse, scuotendo lentamente la testa. «Le ho fatto notare che non era l'opzione più intelligente, non con qualcuno che lancia incantesimi elettrici in giro.»

«Direi di no. Da quello che ho sentito, tutti quei veicoli sono stati danneggiati.»

«L'impianto elettrico è andato in fumo, secondo Daniel.»

Scossi la testa. «Che cosa ridicola e costosa. Sono convinta che sia stato John. Francamente, quello che ha fatto a quei camion è un crimine peggiore dell'albero. L'albero è stato un danno alla proprietà, ma fortunatamente sarà facilmente riparato grazie a Liam.»

«Per cosa mi stai ringraziando?» La voce di mio fratello arrivò in cucina mentre entrava.

«Per essere in grado di riparare l'abete balsamico nel parco cittadino. Immagino tu possa riparare anche gli spazzaneve, no?» chiesi mentre Liam attraversava la cucina per fermarsi accanto a Moira, con la mano leggermente appoggiata tra le sue scapole.

Liam annuì mentre si chinava per darle un lungo bacio sulla guancia. A volte pensavo fosse ridicolo quanto mio fratello fosse innamorato di Moira. Altre volte, provavo una fitta di gelosia. Principalmente perché le mie avventure amorose fino a quel momento erano state piuttosto deludenti. Donovan poteva essere un colpo di fortuna. Di certo non era uno stronzo. Ed era anche uno stregone, il che significava convenientemente che non aveva problemi con il fatto che io avessi dei poteri e che non dovevo cercare di nascondere chi fossi.

Il fatto che fosse anche molto affascinante non guastava, per niente. Quando Liam si raddrizzò, chiesi: «Riuscirai a ripararli tutti?»

Crescendo, avevo trovato il potere di Liam di ripristinare le cose piuttosto utile. Più di una volta, mi ero impegnata a convincerlo a riparare cose che avevo rotto per caso.

«Certo che posso» rispose lui. «Quelli saranno più facili dell'albero. Ho già chiamato Daniel a riguardo. Domani andrò a incontrare il tizio che si occupa della manutenzione delle attrezzature comunali. Anche se usiamo quegli spazzaneve e papà ne gestisce la metà, la manutenzione è sempre stata gestita dalla città. Li rimetterò in funzione nel giro di un giorno e, si spera, farò risparmiare alla città un bel po' di soldi per la riparazione.» Guardò Moira, stringendole leggermente la spalla. «Sei pronta ad andare?»

«Certo» disse lei, lanciando un'occhiata all'orologio sopra l'arco tra la cucina e il corridoio. «Devo arrivare al negozio in tempo per riordinare. Ieri sera c'è stato così tanto da fare che me ne sono andata senza sistemare granché.» Si alzò e finì il caffè in fretta. «Questo mi basterà per ora.» Si voltò di nuovo verso di me. «Ci vediamo stasera al faro.»

«Certo, ci vediamo lì.»

«Oh, aspetta, hai bisogno di un passaggio?» chiese Liam, proprio mentre si stava voltando. «Se vuoi, stasera dopo la riunione posso dare un'occhiata alla tua macchina.»

«Oh, un passaggio ce l'ha già» disse Moira con un sorrisetto malizioso. «Con Donovan.»

Liam sorrise. «Perfetto, allora.»

«Sarebbe fantastico se potessi passare a dare un'occhiata alla mia macchina dopo» dissi loro mentre cominciavano a uscire dalla cucina.

CAPITOLO SEDICI

Donovan camminava al mio fianco su per la scala a chiocciola che si snodava fino alla cima del faro di Beacon's Charm.

«Immagino che tutti gli oggetti in questi piccoli armadietti siano magici» disse, indicando uno degli armadietti in questione.

Fermandomi sulle scale, guardai attraverso il piccolo sportello di vetro dentro lo scompartimento grande quanto una scatola, ricavato nel muro lungo la rampa. «Hai indovinato. Non so quanto tu segua le notizie di Charm Cove, ma il faro ha avuto qualche momento difficile negli ultimi anni.»

Riprendemmo a camminare e Donovan rispose: «Oh, che è successo?»

«Beh, prima ci sono stati dei furti in città e alcuni oggetti sono stati rubati da qui. Alla fine è stato ritrovato tutto, ma è stata una bella *gatta da pelare*. Si è scoperto che si trattava di un uomo la cui famiglia si era trasferita da Charm Cove molti, molti anni fa e aveva perso quasi tutta la sua magia. Uno dei discendenti ha deciso di voler diventare un warlock per recuperare la magia di famiglia, quindi era a caccia di oggetti magici per riuscirci» spiegai.

«E non c'è stata anche quella storia del faro fuori uso per qualche settimana? Ricordo che mia madre ne ha accennato.»

«Ah sì, quella era l'altra faccenda. Alcuni warlock stavano rubando incantesimi. Dato che il faro funziona grazie alla magia, e da sempre, gli hanno rubato l'incantesimo. Hanno rubato anche qualche altro incantesimo. Risolvere la situazione è stato un bel da fare, ma abbiamo recuperato la loro magia e fatto funzionare di nuovo il faro» dissi, mentre superavo l'ultima curva e raggiungevo il pianerottolo in cima al faro.

Donovan si fermò al mio fianco. «Immagino che se qualcuno volesse rubare la magia, Charm Cove sarebbe una meta ideale per farlo.»

Risi. «Assolutamente. L'incantesimo del faro è molto antico. Ovviamente, avremmo potuto modernizzarlo, ma una sfida fa sempre bene. Non pensare però che io abbia avuto a che fare con l'incantesimo per riaccendere la luce» dissi spingendo la porta che conduceva a una grande stanza rotonda, in alto sopra l'Oceano Atlantico e con una vista sconfinata sul mare. «Sono stati alcuni degli anziani.»

«È incredibile quante cose mi sia perso, o meglio, che nemmeno sapessi, andandomene da Charm Cove.»

Fermandomi, alzai lo sguardo verso di lui. «A volte dimentico quante cose do per scontate essendo cresciuta qui.»

Le labbra di Donovan si piegarono in un sorriso. «Charm Cove è leggendaria nel mondo magico lontano da qui. Persino i miei genitori ne parlavano come se fosse un posto leggendario, eppure hanno vissuto qui per un po'.»

«Juliette» chiamò Lea.

Guardando verso di lei, le feci un piccolo cenno con la mano da un lato all'altro della stanza, prima di tornare a rivolgere la mia attenzione a Donovan. «I tuoi genitori hanno deciso quando torneranno a vivere qui?» chiesi mentre iniziavamo ad attraversare la grande stanza per raggiungere un piccolo gruppo di sedie sul lato opposto.

«La tempistica non è ancora definita. Mio padre sta diventando un po' anziano per gestire il lavoro fisico necessario per mandare avanti il frutteto. Ha intenzione di metterlo presto sul mercato. Dopo averlo venduto, si trasferiranno qui. Questo dovrebbe darmi abbastanza tempo per ristrutturare la casa.»

«Sarà semplicemente meraviglioso» disse Opal alle nostre spalle.

Donovan si voltò indietro insieme a me. Di certo non avevo sentito Opal avvicinarsi. Al di là della complessità di quanta magia scorresse liberamente a Charm Cove, Donovan si sarebbe anche dovuto abituare a quanto tutti si sentissero a proprio agio nell'intromettersi nella vita degli altri. Presumevo che tutte le piccole città avessero a che fare con quel problema ma, se si aggiungeva il livello di segretezza che circondava streghe e warlock e il senso di protezione reciproco tra di noi, era anche peggio. O almeno così immaginavo.

Opal indossava una variante del suo solito abbigliamento: pantaloni neri con una camicetta color crema. Aveva aggiunto un tocco di colore con il suo pisciacquone di lana verde smeraldo. Sorrise raggiante a Donovan, alzando una mano per sistemare un capello invisibile fuori posto nel suo chignon. «Sarà bellissimo riavere i tuoi genitori qui. E che bravo figlio che sei» disse, dandogli una pacca sul braccio, «a prenderti cura di quel giardino e a sistemare la casa. Ce n'era bisogno da tempo.»

Donovan sorrise educatamente e annuì mentre Opal continuava a camminare con noi. Osservai gli occhi di Donovan scrutare la stanza e mi chiesi se fosse mai stato lassù prima. Mio cugino, Nathan, ora aiutava a gestire il faro, occupandosi principalmente dei turisti e della manutenzione e delle riparazioni di base dell'edificio.

Il faro sorgeva su uno sperone roccioso lungo la pittoresca costa del Maine. Era stato costruito diversi secoli prima, agli albori del boom della caccia alle balene e della pesca, durante la massiccia ondata di colonizzazione.

Questo piano superiore aveva un'unica grande stanza rotonda con finestre su tutti i lati, tranne dove c'era una porta che conduceva a un bagno e a una piccola stanza con una branda. Anche se il faro funzionava con la magia, un tempo chiunque ne fosse responsabile viveva qui. I piani inferiori avevano stanze aggiuntive per la famiglia.

Oggigiorno, il faro era una destinazione turistica. Nathan viveva dall'altra parte della strada, in una graziosa casa in stile saltbox. I pavimenti di legno lucido erano consumati da anni e anni di piedi che li avevano attraversati. Inoltre, il faro era stato usato per le riunioni di streghe e warlock, radunati per discutere di qualsiasi questione soprannaturale riguardasse la città.

«Accomodatevi, Juliette. Anche tu, Donovan», disse Lea, indicando un paio di sedie di fronte a dove era seduta con mio zio Jacob.

Mi lasciai scivolare sulla sedia pieghevole di metallo, sentendo il fresco del metallo attraverso i pantaloni. Donovan fece lo stesso. Opal si sedette accanto a suo marito Theo. I miei genitori stavano chiacchierando con i genitori di Moira, Camille e Gabriel. Dal lato opposto a dove ci eravamo appena seduti, Liam mi fece l'occhiolino. C'erano anche i fratelli di Moira, Cam e Gabriel, insieme a Nathan e alla sua ragazza, Edie.

Edie si era trasferita in città da poco. L'avevo incontrata solo brevemente quando ero tornata a casa per le vacanze. A quanto pareva, Nathan si era innamorato perso di lei, cogliendo tutti di sorpresa. Aveva gli stessi colori della maggior parte dei membri della famiglia Good: capelli quasi neri e brillanti occhi blu. Era mio cugino, quindi non provavo nulla per lui, ma dovevo ammettere che era un bel ragazzo, proprio come tutti i miei fratelli.

Mia madre alzò lo sguardo dagli appunti che teneva in mano e chiese al gruppo in generale: «Sta arrivando qualcun altro?»

Lo sguardo di Lea esaminò il piccolo gruppo. «Beatrice potrebbe arrivare, ma non credo dovremmo aspettarla».

«Sì, le ho parlato questo pomeriggio», aggiunse Moira. «Sua figlia aveva un appuntamento con lei questo pomeriggio a Windy Bay e non era sicura a che ora sarebbe rientrata. Mi ha fatto sapere di non avere nulla di nuovo da aggiungere, quindi penso che dovremmo andare dritti al sodo».

Dato che si trattava di un gruppo più ristretto rispetto ad alcune riunioni, l'atmosfera era più rilassata, ma sentivo che Donovan stava osservando e aspettando di vedere come si sarebbero svolti i fatti. Lea si chinò e disse qualcosa a Opal. Colsi l'occasione per mormorare a Donovan: «Lascia che se ne occupino loro».

«Okay, okay», disse Lea, raddrizzandosi e battendo le mani come se fosse necessario. «È diventato abbondantemente chiaro che John Corey ha nascosto i suoi poteri elettrici, probabilmente per anni. Abbiamo motivo di sospettare che soffra anche di demenza, il che potrebbe spiegare il suo aumento di irritabilità e il modo ridicolo in cui si è comportato per questo contratto di spalatura della neve». Ci fu un mormorio di voci. «Anche Camille ha qualcosa da aggiungere a riguardo», concluse Lea, guardando verso Camille.

Camille annuì, sistemandosi gli occhiali sul naso e infilandosi una ciocca ribelle di capelli argentati dietro l'orecchio. «Ho fatto qualche ricerca nei registri e ho scoperto che dopo la morte della moglie di John, la polizza di assicurazione sulla vita che avevano stipulato per lei non ha pagato. Era una di quelle scadenti». Camille si interruppe per schioccare la lingua e scuotere la testa. «È morta a ottantacinque anni, e John ora ne ha ottantotto. È troppo vecchio per lavorare, ma non ha alcuna fonte di reddito. Dopo che loro figlio è rimasto coinvolto in quella storia di traffico di droga, ha usato tutti i risparmi che avevano». Quando si fermò e si guardò intorno, ci furono alcuni cenni di assenso prima che continuasse. «A quanto pare, hanno dilapidato i loro risparmi in spese legali per lui e hanno persino stipulato un'ipoteca inversa. Ora, ha un debito su una casa che è della loro famiglia da secoli, ed è pieno di debiti».

Mio padre si appoggiò allo schienale della sedia, con una profonda ruga che gli solcava la fronte. «Non c'è da meravigliarsi che abbia iniziato a fare tanto chiasso per quel contratto. Onestamente, negli anni in cui l'abbiamo gestito per la città, solo una o due volte ha mostrato un qualche interesse. Improvvisamente, in questi ultimi anni ha iniziato a fare un putiferio. La cosa triste è che non sono abbastanza soldi per risolvere il pasticcio in cui si è cacciato».

Intervenne Cam: «Non mi stupisce che stia cercando di tagliare i costi. Immagino anche che non stia assumendo molti aiuti per gestire le strade. Charm Cove non sarà una città molto grande, ma durante una tempesta di neve, abbiamo centinaia di miglia di strade di cui occuparci. Se sta cercando di fare tutto da solo e di pagare solo una o due persone per aiutarlo, è fregato».

La fronte di mia madre si corrugò, la preoccupazione le balenò negli occhi. «Dobbiamo fare qualcosa per aiutarlo».

«Voglio aiutare», si offrì Liam. «Ma non si comporta in modo ragionevole, e Dio solo sa perché ha preso di mira Juliette. Hai mai avuto a che fare con lui?»

«Niente più di un saluto», risposi.

Si intromise Opal: «Daniel ha detto, dalle sue interviste con i familiari, che ci sono preoccupazioni riguardo alla demenza. La mia ipotesi è che in qualche modo Juliette sia diventata un bersaglio perché fa parte della famiglia Good. La famiglia Good ha avuto quel contratto per anni. Quando le persone non ragionano lucidamente, le cose che fanno spesso non hanno alcun senso».

«C'è qualche possibilità che Daniel lo accusi di qualcosa, almeno per l'attrezzatura da spazzaneve?» chiese Donovan.

Moira si strinse nelle spalle. «Penso che gli piacerebbe. Almeno per danneggiamento, a detta di Zoe. Ma questo non risolverà nulla. Ha bisogno di un vero aiuto».

«Come possiamo procurargli un aiuto?» chiese mia madre chiudendo il suo taccuino e posandolo sul davanzale accanto a lei.

«Mamma, sappiamo se qualcuno nella sua famiglia avesse poteri elettrici?» chiesi.

«Oh, sì. C'è voluta un po' di ricerca, ma discende da una linea francese che aveva poteri elettrici sporadici. I poteri non si manifestavano nemmeno a ogni generazione. Immagino che l'abbia tenuto nascosto perché non aveva nessuno che gli insegnasse come controllarlo. Tu, cara, hai avuto tua nonna. Suppongo che una volta che ha iniziato a sentire i suoi poteri, non avesse nessuno a cui chiedere informazioni e nessuno che gli insegnasse come gestirli. Direi che gli ci sono voluti anni per imparare a usarli», spiegò.

Considerando che avevo vissuto in prima persona l'esperienza della nascita dei poteri elettrici, sapevo che poteva essere spaventoso. Anche se John aveva cercato di farmi del male, mi dispiaceva per lui. Quelli dovevano essere stati degli anni difficili.

Donovan si appoggiò allo schienale della sedia. «Provo compassione per quest'uomo, ma ha cercato di fare del male a Juliette l'altra sera. Se non fossi stato lì per spostare quel ramo quando l'ha fatto cadere, sarebbe potuto finire sul tetto della sua auto. Aiuti a parte, dobbiamo assicurarci che non sia pericoloso».

«Non è che Daniel possa documentare ciò a cui io e Donovan abbiamo assistito nel suo rapporto di polizia», aggiunsi.

«Lo so, lo so», rispose mia madre, la bocca contratta per la preoccupazione.

Mio padre incrociò lo sguardo di Donovan. «Non ho avuto occasione di ringraziarti per quello che hai fatto. Anche se i tuoi genitori non sono stati qui, è piuttosto chiaro che si sono assicurati che tu sapessi usare i tuoi poteri correttamente».

Mio padre non era un uomo di molte parole. Affatto. Provai una punta d'orgoglio per conto di Donovan.

Nel frattempo, Donovan si strinse semplicemente nelle spalle. «Certo. Era l'unica cosa da fare in quel momento».

«Visto che è così concentrato su di te, Juliette, penso che dovremmo usarti come esca», disse Opal.

Gli occhi di mio padre si sgranarono e inarcò le sopracciglia. «Un'esca?»

Opal liquidò la questione con un gesto della mano. «Oh, ci assicureremo che stia al sicuro. Non devi preoccuparti di questo. Sto solo pensando che, se creiamo la situazione e ci assicuriamo che Daniel sia nei paraggi, se ne occuperà lui. Non abbiamo bisogno che John venga arrestato, ma che riceva l'aiuto di cui ha bisogno. Una volta che sapremo che è al sicuro, potremo pensare a un modo per raccogliere dei soldi per aiutarlo con quell'ipoteca inversa e per dargli abbastanza denaro per vivere. Forse la cosa migliore sarebbe una specie di residenza assistita.»

Ci fu un mormorio di approvazione. Donovan mi lanciò un'occhiata, il suo sguardo carico di preoccupazione. «Non preoccuparti» dissi a bassa voce. «Qualsiasi cosa faremo, starò al sicuro.»

Dopo una breve discussione, fu deciso che il pomeriggio seguente sarei andata con Liam al parco cittadino verso il crepuscolo, quando la situazione si sarebbe calmata. Visto che John viveva proprio lì vicino, speravamo che la mia presenza e quella di Liam lo avrebbero agitato abbastanza da fargli tentare di nuovo qualcosa. Ufficialmente, Liam sarebbe stato lì per controllare l'albero e riparare alcuni rami. Possedeva anche delle abilità di blocco superiori, quindi sarebbe stato in grado di deviare qualsiasi incantesimo.

«Possiamo venire anche noi» si offrì Cam, indicando suo fratello Gabriel seduto accanto a lui.

«Visto che non sono qui da molto e di certo non c'ero quando tutti hanno iniziato a manifestare i propri poteri, vi dispiace aggiornarmi su chi sa fare cosa?» chiese Donovan.

Lea sorrise al commento di Donovan. «Giusta osservazione. Cam, perché non spieghi cosa sapete fare tu e tuo fratello?»

«Entrambi possiamo catturare gli incantesimi. Utile se sai che qualcuno potrebbe avere intenzioni malvagie.»

«Non influisce affatto sulla loro magia, ma è comodo» aggiunse Gabriel.

«Ci saranno anche Liam e Beatrice perché entrambi sono bravi a bloccare» intervenne Lea. «Ci sarò io, insieme ai gemelli. Tutti e tre abbiamo poteri di contenimento, quindi se John tenta di fare qualcosa, possiamo immobilizzarlo.»

Donovan scrutò il gruppo e scosse lentamente la testa. «Dato che venivo solo in visita di tanto in tanto, credo di aver dimenticato quanta magia ci fosse in questa città.»

Nathan ridacchiò dal punto in cui era seduto, con un braccio appoggiato morbidamente sulle spalle di Edie, le dita che giocherellavano con i suoi capelli ramati. Erano entrati pochi minuti dopo l'inizio della riunione. «È un po' folle.»

Edie alzò gli occhi al cielo e rivolse a Donovan un sorriso incoraggiante. «Non sono cresciuta qui neanche io, quindi ti capisco.»

«Quindi, mi pare di capire che abbiamo un piano?» si intromise Lea, sempre pronta a tenere ogni riunione sul pezzo.

«Penso di sì» rispose mia madre. «Voi due fate attenzione» disse con uno sguardo eloquente rivolto a me e a Liam.

CAPITOLO DICIASSETTE

La sera seguente, ero in piedi accanto a Liam nel parco, a guardare l'albero quasi completamente carbonizzato. Qualcuno della squadra di manutenzione della città aveva tolto le file di luci bruciate. Erano state quelle belle lucine scintillanti nel buio innevato ad avermi spinta a fermarmi. Potevo vedere le zone in cui Liam aveva usato la sua magia, dove spuntavano germogli verdi. Era abbastanza discreto e ben mescolato da non essere evidente.

«Sembra ancora piuttosto triste», commentai, lanciando un'occhiata a Liam.

Lui tenne gli occhi sull'albero mentre si avvicinava, muovendo le mani con disinvoltura, quasi come se stessimo conversando. Sapevo che stava lanciando un incantesimo. Proprio sotto i miei occhi, vidi un bagliore argenteo sprigionarsi dalle sue mani e osservai un altro ramo illuminarsi, come la primavera in inverno.

«Sei abile», mormorai.

Liam ridacchiò. «Strategico».

I nostri respiri formavano delle nuvolette mentre giravamo lentamente intorno all'albero e la neve scricchiolava sotto i nostri piedi a ogni passo. La città teneva puliti i sentieri del parco, ma la neve si era accumulata un po' intorno all'albero.

«Ricordami dove abita John», disse Liam, tenendo la voce bassa.

In quel momento, streghe e stregoni erano appostati tutt'intorno al parco cittadino. Ci sentivamo come su un palcoscenico.

«Abita all'angolo opposto rispetto a dove vive Beatrice».

Gli occhi di Liam scattarono in quella direzione. «C'è una luce accesa, quindi speriamo che ci veda qui fuori presto».

Pochi istanti dopo che Liam ebbe riparato molti altri rami, una distinta luce argentea sfrecciò attraverso il parco, atterrando proprio vicino ai piedi di Liam. Dopo alcuni minuti, un altro incantesimo arrivò dall'aria dalla stessa direzione. Lo prese Cam. Quando mi voltai a guardare, sembrava che tenesse tra le mani una sfera scintillante, grande più o meno come una palla da baseball.

Liam non dovette nemmeno preoccuparsi di bloccare alcun incantesimo. Ci pensarono Cam e Gabriel a prendere i pochi incantesimi successivi scagliati da John. Sebbene non potessimo vederlo, divenne subito evidente dove si trovasse, unicamente per il fatto che ogni incantesimo elettrico proveniva dallo stesso punto. Per lui era impossibile rimanere nascosto.

Dopo il suo quarto tentativo di colpire me e Liam, le luci della volante di Daniel si accesero, seguita da un'altra proprio dietro mentre percorrevano Charming Way. Bloccarono l'area dove sembrava che John si fosse nascosto, rannicchiato tra due case sul lato del parco opposto a dove abitava.

Con il buio che si infittiva, mormorai a Liam: «Andiamo da quella parte?».

«Non ce n'è bisogno. Conosci il piano. Beatrice e papà sono là per bloccare. In più, c'è ancora Cam come rinforzo per prendere qualsiasi incantesimo».

Proprio mentre Liam finiva di parlare, ci fu un'altra saetta argentea che zigzagò nell'aria, colpendo un ramo a pochi metri sopra di dove eravamo io e Liam. Subito dopo, sentii un sibilo nell'aria e capii che Donovan aveva lanciato un incantesimo. Il ramo si spostò, volando a terra a più di tre metri di distanza da me e Liam.

Ci fu un trambusto nella zona tra le due case dove si era nascosto John. Daniel e molti dei suoi agenti si riunirono sul marciapiede. Si sentirono delle voci gridare. Proprio quando pensavo che per quella sera si fosse usata abbastanza magia, vidi una figura scattare fuori nella luce morente, solo per essere fermata bruscamente da un paio di fasce rosa e lavanda.

Non potei fare a meno di sorridere. Celia e Delia sarebbero state entusiaste di poter dare una mano. La loro magia era macchiata di rosa e viola a ogni incantesimo che lanciavano, quindi sapevo che era opera loro.

«Grazie a Dio Daniel è pro-magia», borbottò Liam a bassa voce mentre finalmente cominciavamo ad allontanarci dall'albero.

Sentii dei passi che correvano sul sentiero di ardesia dietro di noi e mi voltai per vedere Donovan. Io e Liam ci fermammo, aspettando che ci raggiungesse. Proprio in quel momento, si accesero le luci del centro, scintillando nella notte mentre l'oscurità prendeva il sopravvento.

Donovan abbassò lo sguardo su di me. «È stato certamente un lavoro di squadra», disse con una risatina.

Liam accennò un sorriso. «Proprio così».

«Dovremmo andare alla stazione di polizia?», chiesi.

Guardando avanti, vidi le fasce rosa e lavanda dissolversi mentre Daniel e uno dei suoi agenti ammanettavano John.

«Credo di no», rispose Liam. «Sai che Lea trascinerà Jacob laggiù, e probabilmente verranno anche mamma e papà. Daniel avrà già abbastanza gatte da pelare. Direi di andare a cena e a bere qualcosa da Enchanted Spirits».

«Mi sembra un'ottima idea», replicò Donovan.

CAPITOLO DICIOTTO

«Onestamente, anche se ha cercato di farmi del male, sono sollevata di sapere che non andrà in prigione» dissi, fermandomi per dare un morso al mio hamburger.

Zoe annuì dall'altro lato del tavolo. «Sono d'accordo. Voglio dire, non ce l'aveva con me. Ma quando Daniel mi ha detto che lo hanno sottoposto a una valutazione in ospedale e gli hanno diagnosticato la demenza, penso sia chiaro che non c'è del tutto con la testa».

Moira aggiunse: «A quanto pare, si è messo a piangere per la sua situazione finanziaria quando mia madre è passata da lui per parlargliene. Che pasticcio».

Finito un altro morso del mio hamburger, lo mandai giù con un po' d'acqua e allontanai il piatto, appoggiandomi allo schienale della sedia. Eravamo a cena da Enchanted Spirits, diversi giorni dopo che John era stato finalmente arrestato dalla polizia.

Avevo sentito frammenti della storia negli ultimi giorni, ma Zoe ci fornì il resoconto completo. Guardandola, dissi: «Non riesco nemmeno a credere che tu sia uscita stasera. Quand'è esattamente la data presunta del parto? Dovrebbe nascere da un giorno all'altro, no?».

Zoe sospirò, passandosi una mano sul pancione tondo. «La data presunta ufficiale è domani. Fino a qualche giorno fa non volevo nemmeno nominarla, e adesso sto per scoppiare e vorrei essere puntuale» disse con una risatina ironica. «Ma il mio medico ha detto che sembra che sarò in ritardo. A quanto pare, i primogeniti sono spesso in ritardo. Non so se il mio utero debba fare pratica o qualcosa del genere. Sono uscita stasera perché stare a casa seduta mi fa impazzire. Sono troppo irrequieta. Non vedo l'ora di poter bere qualcosa che non sia acqua, tè o succo».

«Daniel lavora stasera?» chiese Moira.

«Oh, sì. Sta facendo più straordinari che può prima che nasca il bambino. E per me va bene. Visto che può tornare a casa di corsa se dovessi entrare in travaglio, direi che siamo a posto» disse con una risatina sommessa.

«Qualche idea su come aiutare John con la sua situazione finanziaria?» chiese Donovan al mio fianco.

«Mia madre sta organizzando una raccolta fondi, e la madre di Moira l'aiuterà a preparare le carte per dividere tutti i terreni che possiede, così potrà venderne diverse parcelle».

Emma, mia cugina che era stata fuori città nelle ultime settimane, si infilò nell'unica sedia rimasta al tavolo. Si intromise, avendo ovviamente sentito l'ultima parte della nostra conversazione. «Stavo aiutando Camille a dare un'occhiata proprio oggi. Possiede un sacco di terreno alla periferia della città, oltre alla sua casa vicino alla piazza. Solo la vendita di una parte del terreno dovrebbe bastare a ripagare quel mutuo ipotecario e a tirarlo fuori dai guai».

«È una buona notizia» commentò Gabriel, prima di fermarsi per mettersi in bocca una patatina dolce fritta. «Ma non tornerà a vivere a casa sua, vero?».

Scossi la testa. «No. Mia madre mi ha detto che si stanno organizzando per farlo stare in una casa di riposo assistita. Credo quella gestita dal cugino di Tom Lewis. È frequentata solo da streghe e stregoni, quindi non si sentirà fuori posto lì».

«Beh, questo è un sollievo» disse Donovan.

«Sapete cosa è un sollievo?» rifletté Nathan. «Che ora possiamo tornare al solito tran tran con lo spazzaneve. Il comune ha già deciso di usare i fondi che sarebbero stati pagati a John tramite il contratto per aiutare a coprire i costi della sua assistenza nella casa di riposo».

«Non avrei mai pensato di potermi interessare così tanto alle strade in inverno» commentò Liam alzando gli occhi al cielo.

«Idem. Non ci avevo mai nemmeno pensato. Finché la situazione non è diventata insostenibile» aggiunse Cam.

Moira si guardò intorno al tavolo. «Per una volta, mi sono persa tutto il divertimento».

«Non so se "divertimento" sia la parola che userei per descriverlo» dissi. «Farei volentieri a meno di avere qualcuno che mi dà la caccia per la manutenzione delle strade».

Le conversazioni proseguirono su altri argomenti e la serata si concluse con una scommessa collettiva su quanto tempo ci sarebbe voluto a Liam per riportare l'albero al centro della piazza al suo antico splendore. Sebbene Liam stesse usando la sua magia per riparare gradualmente l'albero, non poteva controllarne il ritmo di crescita. Inutile dire che gli fu vietato di scommetterci.

Accostai l'auto e mi fermai di fronte alla casa di famiglia di Donovan. Sporgendomi in avanti, sorrisi alla vista della porta d'ingresso rossa. Era una brillante macchia di colore in quel cupo pomeriggio invernale.

Scesa dall'auto, i miei stivali scricchiolarono sulla neve compatta del vialetto d'accesso mentre lo attraversavo e percorrevo il sentiero ripulito fino alla scalinata principale. Come molte delle case lungo la costa del Maine, anche questa era stata costruita alla fine del Settecento in stile coloniale.

Era a pianta rettangolare, con un portone a due ante al centro e delle finestre che lo fiancheggiavano su entrambi i lati. Mentre alzavo la mano per bussare, la porta si spalancò. Gli occhi di Donovan si incresparono agli angoli quando sorrise. Il mio stomaco fece la solita capriola, un turbinio di farfalle che presero il volo mentre un brivido di calore mi percorreva la schiena.

Era passato un mese intero da quando John si era trasferito in una casa di riposo. Mia madre era andata a trovarlo regolarmente, premurandosi di controllare che stesse bene. Io ero solo sollevata di non avere più qualcuno arrabbiato con me per le condizioni delle strade, visto che non ero nemmeno io la concorrenza. Anche se, a dire il vero, mio padre lo era.

«Vieni, entra» disse Donovan, facendomi cenno di entrare mentre si faceva da parte.

«Oh, wow, stanno decisamente facendo progressi» commentai, guardandomi intorno nell'atrio. L'ultima volta che ero stata lì, qualche settimana prima, i pavimenti dell'ingresso erano graffiati e polverosi e dalle pareti pendeva della carta da parati scrostata.

Il vecchio pavimento in parquet di rovere era stato levigato a fondo, anche se non ancora rifinito. L'atrio a due piani stava lentamente tornando al suo antico splendore. La scala si curvava lungo una parete e portava al piano superiore, al corridoio che divideva la casa al centro. La splendida scala in legno e il corrimano erano stati restaurati e splendevano anche nella luce soffusa del giorno.

«Stiamo decisamente facendo progressi» rispose Donovan prendendomi la mano.

Con un leggero strattone, mi condusse oltre la scala, attraverso un'arcata, nel corridoio del piano inferiore. Da un lato c'erano una sala da pranzo formale e un salotto. Dall'altro, una cucina enorme, una zona pranzo più informale, un piccolo ufficio e un bagno.

Donovan mi fece fare il giro, mostrandomi le migliorie. Era coperto di polvere e aveva chiaramente lavorato fino al mio arrivo. Lo squadrai da capo a piedi.

«Non mi avevi detto che avresti fatto così tanto lavoro da solo» lo presi in giro.

«Oh, credimi, non sto facendo la maggior parte del lavoro. C'è l'impresa che mi ha consigliato Liam a dirigere le operazioni. Io do una mano con le cose facili: cartongesso, pittura e cose del genere. Hanno dovuto occuparsi di alcune riparazioni strutturali sul tetto. C'era un'infiltrazione che scendeva fino ad alcune delle travi originali» spiegò.

«Novità dai tuoi genitori su quando verranno quassù?» chiesi, camminando lentamente verso il fondo della cucina per guardare fuori dalle finestre.

«Sperano di venire per l'estate. Hanno già ricevuto diverse offerte per il frutteto. Mio padre era preoccupato che sarebbe rimasto invenduto per anni, ma suppongo che con tutta questa gente di nuovo interessata alla piccola agricoltura, sia diventato popolare» disse Donovan con una risatina. «Spero che riusciremo a rimettere in sesto i vecchi frutteti qui.»

Appoggiai le mani sul davanzale, guardando il paesaggio innevato dietro la casa. I nonni di Donovan gli avevano lasciato una proprietà incantevole. Si trovava solo a poche miglia lungo la costa da dove ero cresciuta io. E, come casa mia, anche la sua sorgeva su una scogliera a picco sull'Oceano Atlantico. Era un po' arretrata, con alberi sparsi intorno. Per ora, i sempreverdi erano spolverati di bianco e il terreno era coperto da una spessa coltre di neve sopra quello che sapevo sarebbe diventato un prato verde in primavera.

La superficie dell'oceano oggi era increspata, sferzata da un vento tagliente. Voltandomi verso Donovan, sorrisi. «Immagino che non avrai problemi con il frutteto. Ci vorrà solo un po' di lavoro per far tornare quegli alberi a dar frutti. Ora che sei qui da un po', sei felice di essere tornato a Charm Cove?»

Le labbra di Donovan si incurvarono in un sorriso mentre si avvicinava, posando le mani su entrambi i lati dei miei fianchi sul davanzale e imprigionandomi tra le sue braccia. «Senza alcun dubbio» mormorò prima di chinarsi per sfiorare le mie labbra con le sue, scatenando dentro di me una scossa elettrica.

———

Più tardi quel pomeriggio, con il bacio di Donovan ancora fresco nei miei pensieri, attraversai in diagonale il parco cittadino, con l'intenzione di passare da Opal da Beauty Bewitched per discutere di alcune questioni contabili. Il sole stava cercando di farsi strada tra le nuvole, ma con scarsi risultati. L'aria odorava di neve, anche se sentivo che la primavera era alle porte. Ogni volta che arrivava marzo, c'era un senso di fremito nell'aria.

D'impulso, mi fermai vicino alla fontana, sfilandomi i guanti per pescare una monetina dalla tasca. Strofinandola tra le dita, chiusi gli occhi ed espressi un desiderio. Li riaprii proprio mentre la monetina colpiva la superficie dell'acqua con un piccolo "plop". Uno spruzzo d'acqua si levò nell'aria gelida. Il mio sguardo seguì la monetina mentre cadeva sul fondo della fontana. E di nuovo, un piccolo barlume di luce

– come un lampo di sole nell'acqua, solo che il sole non c'era – si accese, dissipandosi una volta raggiunta la superficie.

Con un piccolo aiuto da parte di mia madre, avevamo capito che l'incantesimo lanciato da John nello stesso istante in cui io avevo espresso il mio desiderio quella notte aveva dato un pizzico di magia in più alla fontana. Da allora l'effetto si era affievolito e i desideri divertenti di nessun altro si stavano avverando.

Segretamente speravo che il mio desiderio si avverasse, pensando che, essendo io una strega Buona, forse sarebbe rimasto un po' di magia extra.

———

Grazie per aver letto Wish Upon A Witch!

Per altri guai, magia e caos a Charm Cove, voltate pagina per un'anteprima di A Stormy Spell, il prossimo libro della serie This Good Witch. Juliette Good ha molto altro da raccontare sulla vita di una strega *buona*.

Se vuoi ricevere aggiornamenti sulle mie nuove uscite e altre notizie, iscriviti alla mia newsletter: subscribepage.io/J3tvfP

ESTRATTO: A STORMY SPELL

JULIETTE GOOD

«Ahi!» esclamai, scuotendo rapidamente la mano per dissipare la sensazione di bruciore alle dita.

Erano anni, da quando ero un'adolescente a dire il vero, che non avevo problemi a gestire un incantesimo elettrico. Abbassando lo sguardo sulla mano, vidi che i polpastrelli erano rosso fuoco. I miei occhi percorsero il vialetto di ghiaia fino al punto in cui avevo lanciato l'incantesimo e si posarono su un'area annerita sul terreno.

«Cos'è successo?» chiesero Celia e Delia all'unisono, accorrendo da dove erano sedute sulla veranda della casa dei miei genitori.

Le mie cugine gemelle si fermarono davanti alla macchia annerita per terra, le loro due teste scure chine l'una verso l'altra mentre guardavano in basso. Quando le raggiunsi dal punto in cui mi trovavo, vicino al garage indipendente, due paia di grandi occhi blu si levarono su di me.

«Stai bene?» chiese Delia, prendendomi la mano.

«Credo di sì. Però ho le dita che scottano. Non so cosa sia appena successo. Di certo non stavo cercando di lanciare un incantesimo sul terreno,» spiegai.

Celia guardò oltre me, verso il lampione montato su un piedistallo di granito accanto alla fine del vialetto circolare dei miei genitori. Era lì per scopi puramente decorativi. Ai due lati del vialetto c'erano due pilastri quadrati di granito con delle luci in cima. Pochi istanti prima, mia madre aveva fatto notare che una delle lampadine si era fulminata e mi aveva chiesto di ripararla.

Era abbastanza semplice. Riparare qualsiasi cosa elettrica per me era un gioco da ragazzi con i miei poteri. Seguendo lo sguardo di Celia, vidi che la luce funzionava di nuovo. Tuttavia, brillava così intensamente che, anche di giorno, dovetti schermarmi gli occhi.

Celia si voltò di nuovo verso di me, con un'espressione sconcertata. «Uhm, Juliette, credo che qualcosa sia andato storto.»

«Non mi dire?» mormorai, avvicinandomi alla luce per ispezionarla. Una volta più vicina, potei vedere delle scintille che crepitavano tutto intorno.

La mano era ancora calda, quasi bruciava. Guardando le gemelle, chiesi: «Qualcuna di voi può correre dentro a chiamare mio padre?»

Io non sarei riuscita a smorzare quel potere, ma mio padre sì.

Celia si affrettò ad andare, la sua coda di cavallo che oscillava avanti e indietro mentre saliva di corsa sulla veranda e attraversava la porta d'ingresso. Pochi secondi dopo, mio padre uscì a grandi passi dietro di lei.

Come al solito, sembrava perfettamente calmo. Alto e imponente, mio padre riusciva in qualche modo a sembrare uscito dalle pagine di un libro di storia, a prescindere dalla situazione. I suoi capelli argentati brillarono sotto la luce del sole mentre si fermava accanto a me, sistemandosi gli occhiali sul naso.

Il suo sguardo penetrante si spostò da me alla macchia annerita sul terreno. Senza una parola, si diresse verso la luce sul pilastro alla fine del vialetto. Sollevò una mano e la tenne ferma accanto alla luce. Dopo un istante, le scintille si dissiparono e la luce tornò a brillare normalmente, quasi come se avesse usato un regolatore per aggiustarne l'intensità.

Abbassando la mano, tornò al mio fianco. «Come ti senti?» chiese.

«Beh, bene. Credo? Ho le dita un po' formicolanti,» dissi, alzando le mani e strofinandole tra loro. La sensazione di bruciore aveva finalmente iniziato a svanire.

Gli occhi di mio padre si strinsero mentre guardava di nuovo l'area annerita sul terreno.

«È successo qualcosa di insolito quando hai lanciato l'incantesimo per riparare la luce?»

«No, non quando l'ho lanciato. Ma poi ho sentito le dita come se fossero in fiamme e l'incantesimo è andato a zigzag. Anche quando avevo più difficoltà a gestire questo potere, non era mai successo.»

Sebbene mio padre rimanesse apparentemente calmo, potevo percepire la sua preoccupazione. Come potente stregone, mio padre aveva visto e fatto molte cose nel regno della magia. Sapevo che poteva aver già visto qualcosa di simile, ma di certo non sembrava propenso a condividerlo con noi.

«Secondo te cos'è successo?» cinguettò Delia.

Mio padre, Liam Good Sr., lanciò un'occhiata alle gemelle, con l'accenno di un sorriso che aleggiava agli angoli della sua bocca. «Non lo so con precisione. Il potere elettrico è difficile da gestire. Ora è tutto a posto, quindi speriamo che sia stato solo un caso isolato.»

Sentii la voce di mia madre e mi voltai per vederla avvicinarsi. «Stai bene, cara?» chiamò.

«Sto bene,» risposi quando mi raggiunse.

Vidi uno *sguardo* passare tra lei e mio padre e desiderai che non fossero sempre così guardinghi. Qualunque cosa fosse successa, speravo davvero che non fosse altro che un caso isolato. La magia poteva essere imprevedibile.

———

Ore dopo, guardai mia cognata, Moira, dall'altra parte del tavolo e scossi la testa. «No, non è successo nient'altro da allora. Certo, non ho nemmeno provato a lanciare altri incantesimi.»

Moira arricciò il naso mentre mi guardava dall'altra parte del tavolo dell'Enchanted Spirits. Ci eravamo date appuntamento lì per una cena tardiva e un drink.

Proprio in quel momento, sentimmo un forte rumore di vetri

infranti alle nostre spalle. Ci voltammo all'unisono. Guardando in alto, vedemmo che due delle luci montate sopra il bancone erano esplose, e i vetri erano andati in frantumi sul bancone e le due lampadine scoperte emettevano scintille impazzite.

«Oh-oh. Questo non va bene,» mormorò Moira.

«Dovremmo...» Prima ancora di finire la domanda, mi risposi da sola. «Non ha senso andare. Sembra che abbiano un sacco d'aiuto.» Il barista e alcuni altri stavano già pulendo e cambiando le lampadine. Vidi qualche sguardo preoccupato, ma gli affari continuarono come se niente fosse.

«Visto che sono seduta qui davanti a te, so che non hai lanciato nessun incantesimo. Te l'ho chiesto perché ho sentito la madre di Zoe questo pomeriggio, quando sono passata a trovare lei e il bambino. Ha detto che anche a lei un incantesimo è andato storto. Stava solo dando un po' di potere ai suoi fiori» disse Moira.

«Pensa che sia stata solo una cosa casuale?»

Moira si strinse nelle spalle. «Sul momento, sì. Ma il potere delle piante è molto più facile da gestire di quello elettrico.»

Mi trattenni dal rispondere. A volte mi stancavo dei commenti su quanto fosse difficile gestire il potere elettrico. Nessuno aveva bisogno di dirmelo. Ero io quella che aveva quel potere. Mi ero anche fatta una certa reputazione al liceo per aver mandato all'aria alcuni incantesimi quando i miei poteri si stavano manifestando. Avevo imparato a controllarlo, ma era impegnativo e richiedeva abilità. A volte mi sembrava di tenere il fuoco tra le mani.

Moira continuò, ignara delle mie elucubrazioni mentali. «Era scioccata perché non aveva problemi con gli incantesimi da decenni. Esattamente a che ora è successo questo pomeriggio?»

«Oh, è stato dopo la scuola, perché i gemelli erano a casa. Non stavo facendo caso all'ora, ma direi che erano circa le tre e mezza o le quattro.»

Moira tirò fuori il cellulare dalla borsetta e lo sbloccò con un tocco. «Sto scrivendo a Bets proprio ora.»

Mentre scriveva, mi voltai per vedere cosa stava succedendo con le luci. Il barista aveva già pulito i vetri dal bancone e i clienti si erano allontanati; alcuni di loro aiutavano a spazzare i frammenti dal pavimento. Sebbene avessero cambiato le lampadine, le luci stavano di nuovo facendo scintille.

Proprio mentre mi stavo chiedendo chi avremmo potuto chiamare per placare quello che stava succedendo, il marito di Moira, Liam, che è anche mio fratello, entrò dalla porta principale. Dopo una rapida occhiata alla stanza, si diresse subito verso il bancone e disse qualcosa al barista.

Dopo un altro istante, salì su uno sgabello procuratogli dal barista. Anche se sembrava che stesse allentando le lampadine, sapevo che stava smorzando qualunque cosa stesse accadendo con l'elettricità.

Moira non si era nemmeno accorta dell'arrivo di Liam e alzò lo sguardo. «Bets ha detto che è più o meno alla stessa ora in cui il suo incantesimo è andato storto. Non so cosa stia succedendo, ma il mio istinto mi dice che qualcosa non va.»

Nelle ventiquattro ore successive a Charm Cove, emersero da ogni parte segnalazioni di incantesimi fuori controllo nella comunità di streghe e stregoni. Persino quelli minori, come aprire una serratura.

L'esempio più stravagante proveniva da una pozione d'amore venduta da Persnickety Potions & Gifts. A quanto pare, un uomo era caduto in ginocchio dichiarando follemente il suo amore sul marciapiede proprio fuori dal negozio. Piccolo problema: stava proclamando il suo amore a un corvo appollaiato su un cartello stradale.

Avevamo un problema. Un problema di magia.

———

Copyright © 2025 Lucy May; Tutti i diritti riservati.

1-Click: A Stormy Spell

Se desideri aggiornamenti quando ho nuove uscite e altre notizie, iscriviti alla mia newsletter: subscribepage.io/J3tvfP

Grazie per aver letto questa storia! Spero che la magia ti sia piaciuta. Se è così, ecco alcuni modi per aiutare altri lettori a trovare i miei libri.

1) Scrivi una recensione!

2) Iscriviti alla mia newsletter, così potrai ricevere informazioni sulle nuove uscite: subscribepage.io/J3tvfP

3) Metti mi piace alla mia pagina Facebook: https://www.facebook.com/lucymayauthor/

Serie Wicked Good Mystery

Destiny's A Witch

Hex Me Not

Spells & Silver Bells

The Great Maple Caper

Oopsy Daisy

Siren Song Gone Wrong

Pumpkin Patch Murder

Serie This Good Witch Mystery

Wish Upon A Witch
A Stormy Spell
A Stitch of Magic
Bee Charmed
Lemon Tea Cozy Mysteries
Witch You Wouldn't Believe
A Spell to Tell
Witch is When it Gets Crazy

L'AUTRICE

Lucy May ama il caffè, i cani, cucinare e scrivere. È una donna del Sud trapiantata nel Maine. Con il tempo ha imparato ad amare le quattro stagioni, ma ha ancora nostalgia delle sonnolente estati del Sud. Le piace pensare che in un'altra vita potrebbe essere stata una strega e crede ancora nella magia. Passa il tempo a tessere storie paranormali spassose, irriverenti e sexy.